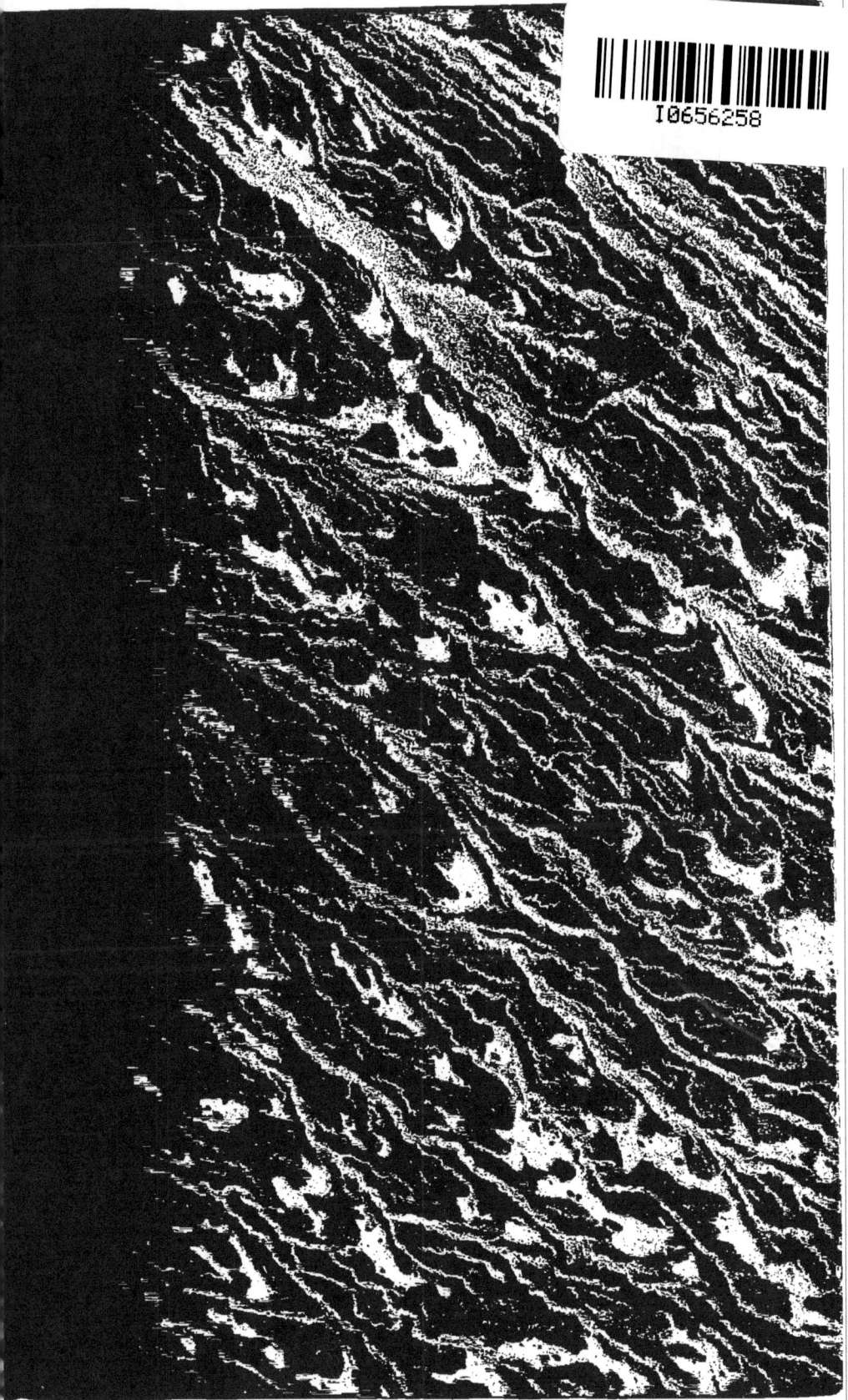

L'OBSERVATEUR

AU XIXME SIÈCLE.

SÈVRES. — IMPRIMERIE DE J.-L. JOLY,
RUE DE VAUGIRARD, N. 14.

L'OBSERVATEUR
AU XIXME SIÈCLE,

ou

DE L'HOMME

DANS SES RAPPORTS MORAUX,

ET

DE LA SOCIÉTÉ

DANS SES INSTITUTIONS POLITIQUES,

PAR A.-J.-C. SAINT-PROSPER,

AUTEUR D'UNE VIE DE LOUIS XVI, DES AVENTURES D'UN
PROMENEUR, ETC.

CINQUIEME EDITION.

TOME PREMIER.

Paris,

ÉDOUARD GUÉRIN ET CIE, ÉDITEURS,

RUE DU DRAGON, N° 30.

1832.

PRÉFACE.

La première pensée qui se présente à l'esprit, c'est que tout auteur
composant la préface d'une nouvelle
édition de ses œuvres, doit bien souvent changer et effacer avant que

d'arriver à la modestie, surtout lorsqu'il tient à ce que l'effort ne pa-
raisse pas. En effet, s'il est difficile, au
moment d'un triomphe, de parler de
soi avec grace et mesure même dans
un cercle d'amis, qu'on juge de ce
qu'il en est dans un livre, qui, témoi-
gnant tout haut de la gloire de son in-
venteur, doit lui conquérir l'admiration de l'univers; car, pour nous
autres qui écrivons, il y a bien long-
temps que sont franchies les mesquines limites de notre étroite Europe :
par la phrase, nous sommes citoyens
du monde entier. On sent que dans
une pareille situation la modestie

coûte plus que le génie; aussi est-ce
plus rarement qu'elle se montre. Mais,
à part l'embarras que cause un succès
à dissimuler, la PRÉFACE est devenue,
de nos jours, l'œuvre qui exige le plus
de soins et de méditations. Au dix-neuvième siècle, nous sommes si vifs et si
empressés, nous courons si ardens
après les lumières et la perfection, que
le temps nous manque seul pour être
véritablement accomplis. En fait de
devoirs et de livres, nous prenons donc
de chacun le moins que nous pouvons,
afin d'avoir au besoin un peu de tout.
L'universalité dans les sciences, les
arts, les talens et même les sermens,

voilà ce qui décore et enrichit : c'est
par la quantité qu'on se distingue réel-
lement. Dans la littérature, la PRÉFACE
est donc devenue, je le répète, l'œuvre
MAITRESSE ET PRINCIPALE, puisqu'on peut
sans peine l'enfanter tous les matins,
et qu'en outre, à cause de sa concision
obligée, elle accapare les lecteurs, et
donne par conséquent vogue et re-
nommée. Il en résulte que souvent
elle est achetée plus cher que le livre
dont elle fait la gloire, ou du moins
assure la recette. Nos pères, dans
leurs mœurs bourgeoises, n'ont jamais pu sortir de l'humble et pauvre
dédicace. Il ne s'agissait alors que de

flatter un seul homme, c'était petite
besogne, tandis qu'aujourd'hui la préface, adressée à tous, doit pousser
le public à l'achat, et le critique à
la louange : certes, on conviendra
que c'est beaucoup à la fois. Pour
moi, qui ne saurais viser à tant, je
dirai tout naturellement que depuis
dix ans je m'occupe de l'ouvrage dont
je publie maintenant une nouvelle
édition. Dans l'origine, c'était une
sorte de compte rendu qui m'était
personnellement destiné *. Confiés
à l'amitié, quelques chapitres de ce

* Voir la préface de ma première édition.

même ouvrage parurent dans les journaux quotidiens *. L'accueil qui leur
fut fait me détermina à en risquer
l'impression. A mon grand étonne-
ment, je fus loué et encouragé. Alors
je travaillai sur de nouveaux frais, et
je m'élevai de l'imperceptible in-18 à
l'in-12 semi-majestueux : c'était déci-
dément tourner à la gloire. Cependant
cette fois encore on sourit à mes
efforts : il y avait vraiment de quoi
étouffer d'orgueil et de joie; mais je
me rappelai qu'avant tout j'étais mo-

---

* Ces chapitres portent tous ou mes initiales ou ma signa-
ture entière.

raliste, et qu'en conséquence je devais
un grand exemple au monde, d'autant
mieux qu'à cet égard plusieurs de mes
prédécesseurs, témoin le vieux Sénè-
que, ont laissé tant soit peu à désirer.
Je résolus donc, au lieu de me pava-
ner dans ma gloire, de profiter des
judicieux conseils qui m'avaient été
donnés par MM. les gens de lettres
attachés aux journaux. J'agrandis
mon plan ; aussi est-ce un livre nouveau que j'offre aujourd'hui au public.

Voulant faire parfaitement connaître l'homme du dix-neuvième siècle
dans ses rapports moraux, et la société

de la même époque dans ses institutions politiques, j'ai d'abord regardé
autour de moi avec le soin le plus
scrupuleux; puis j'ai cherché dans
l'histoire, les mémoires et les voyages, l'homme et la société se montrant
dans l'étendue de tous les âges *.
Enfin, j'ai rapproché le tout pour
mieux faire sentir, d'une part, ce que
nous possédons, et de l'autre ce qui
nous manque. Si quelquefois j'ai ré-
vélé mes propres sensations, c'est afin

---

* Aussi j'avais d'abord songé à prendre pour second
titre : *De l'homme et de la société considérés dans tous
les siècles.* Ce second titre a même été mis en tête de quelques chapitres qui ont paru détachés.

de livrer aux esprits réfléchis une
sorte de document individuel qui,
plus tard, pourra servir à éclairer sur
l'état moral et politique de notre tems;
car pour reproduire exactement une
époque, il faut lui avoir appartenu. Mais
ce n'était pas assez d'offrir le FAC SIMILE
du siècle; il fallait donner à mon ouvrage un but noble et utile. J'ai
employé tous mes efforts pour arriver
au résultat suivant, savoir : qu'à l'avenir chacun devienne pour soi plus
sévère en même tems qu'il se mon-
trera plus indulgent pour autrui. Telle
est toute la moralité de mon livre.
J'en conviens, pour réclamer une pa-

reille amélioration, je n'ai ni titre ni autorité. A leur défaut, j'ai fait comparaître le siècle, et par la représentation fidèle des faiblesses et des imperfections qui se mêlent à la vertu la plus pure, à celle dont il se glorifie, sortira pour cette même vertu la nécessité de s'observer avec soin pour s'amender avec sévérité. Quant à la nécessité de l'indulgence pour autrui, c'est le précepte qui éclate partout dans le christianisme. Destinée à conduire le monde, il y a toujours eu dans cette sainte vérité place réservée pour la tendresse, parce qu'il faut qu'elle charme et gagne ceux qui, privés de discernement, ne peuvent être éclairés. L'humilité qui s'efface, la charité qui donne et qui pardonne : voilà ce que commande la foi, et tout cela ne mène-t-il pas plus ou moins droit à l'indulgence pour les autres ? Mais je sens que pour atteindre le but où tendent tous mes efforts, je ne saurais trop inspirer de confiance; j'ose donc déclarer que, loin de chercher à réveiller certains souvenirs, ou à m'appuyer sur quelques passions dominantes; que loin enfin de vouloir détruire ou renverser, je n'ai cherché qu'à concilier, conserver et améliorer.

Si de ces graves considérations il m'était permis de descendre un instant aux puériles prétentions de la vanité d'auteur, j'exposerais que j'ai peut-être droit à l'indulgence, quand même je n'aurais parcouru avec bonheur que la partie la plus facile de l'immense carrière où je suis entré. J'essaierais encore de démontrer que si j'ai fait de grands sacrifices à la précision, c'est qu'elle est une des qualités essentielles au genre dans lequel j'écris. Enfin j'ajouterais qu'à cet égard certaines licences sont autorisées par les véritables maîtres, c'est-à-dire par quelques écrivains clas-

siques du grand siècle : ne soyons pas
plus rigoureux qu'eux. Je m'arrête :
c'est assez parler de moi ; seulement je
devais des explications, non en faveur
de mon livre, mais de mes intentions ;
car c'est à elles que je tiens pardessus
tout.

Tel était le langage que je risquais *
au jour d'une admirable prospérité.
Les événemens depuis sont devenus
graves et tristes : la cinquième édition
que j'offre aujourd'hui au Public en

---

* Préface de ma 4ᵉ édition de *l'Observateur au 19ᵉ siècle*,
Août 1825. Cette édition formait d'abord deux volumes ; j'en
ai ajouté successivement deux autres.

réflétera les caractères. Mais j'en au-
gure une nouvelle chance de succès :
j'ai en outre la certitude d'être utile.

A une époque d'instabilité comme
la nôtre; alors que des révolutions
successives renversent les intérêts,
ébranlent les devoirs, inquiètent les
consciences; on cherche partout des
appuis; on se réfugie dans les livres
de morale pour y puiser de la force,
des consolations et quelquefois même
des espérances.

Je ne déserterai pas la tâche que je
me suis imposée : OBSERVATEUR ATTEN-

TIF du dix-neuvième siècle, je le sui-
vrai dans ses nouveaux mouvemens ;
je les étudierai avec soin pour les reproduire avec exactitude : je serai
juste parce que je veux parvenir à
être vrai.

Je ne pense pas cependant que la
dernière révolution qui a éclaté parmi
nous fasse jaillir des caractères sail-
lans : il y aura certaines nuances à
recueillir ; mais, si je ne me trompe,
l'ensemble se conservera encore quelques années intact. Sur ce point je
n'entrerai ici dans aucun détail : on
trouvera la preuve de ce que j'avance

en parcourant les divers chapitres qui composent mon ouvrage.

Au reste, je suis loin de prétendre me renfermer exclusivement dans l'étude des faits présens : il y en a qui, après avoir eu une grande importance pour nous, ne laisseront pas après eux le plus léger souvenir. Aux réflexions que le siècle m'inspire, je joindrai les aperçus que j'ai rencontrés en méditant sur tous les siècles *.

* Je supplie le lecteur de ne jamais oublier que la partie de mon ouvrage, consacrée particuliérement à l'époque actuelle, renferme déjà un assez grand nombre d'années qui toutes arri-

Certes, il y a grand avantage dans les relations ordinaires à bien pénétrer ses contemporains; on en tire parti pour sa fortune et son avance-

vent comme pour déposer de l'exactitude et de la fidélité de mes tableaux. Il faudra donc pour me lire avec profit fouiller quelquefois dans sa mémoire et évoquer des souvenirs qui commencent à s'éteindre. Ce léger travail réveillera l'attention sans la fatiguer. Les ouvrages qui se font lire très-vite sont en général plus dramatiques qu'instructifs ; ils piquent la curiosité ; ils touchent le cœur : les feuillets des romans disparaissent sous les doigts rapides du lecteur ; mais ils ne laissent nulle trace dans l'esprit ; on s'arrête à chaque page de l'histoire : on fait des pauses dans les livres de morale ; on en reçoit souvent d'ineffaçables régles de conduite : on médite à côté de l'auteur. Tout en me confiant à l'attention du lecteur j'ai cru néanmoins qu'il était indispensable dans quelques rares occasions de recourir à des notes précisant l'année et les circonstances auxquelles je fais allusion.

ment : petits détails qu'on ne néglige guère aujourd'hui, sans perdre d'ailleurs de vue le bonheur général. Mais, après tout, il est encore préférable de sonder le cœur de l'homme à travers tous les âges : de cette manière on s'améliore; sans cesser d'être de son temps, on arrive à valoir mieux que lui, et on se console de ce que l'on souffre en songeant à ce qu'ont souffert ceux qui nous ont précédés; on se décharge ainsi de ce qu'il y a de plus lourd dans le présent : le malheur ne pèse jamais autant que si on croit l'avoir ressenti le premier. L'a-t-on déjà aperçu dans le passé, la connais-

sance est à moitié faite : on le reçoit
en conséquence.

Je n'ai rien négligé non plus pour
que l'amusement se mêlât quelquefois
à l'instruction; à côté des plus hautes
considérations j'ai répandu des chapitres d'un genre moins grave : il faut
ne pas trop fatiguer, si l'on veut qu'on
vous écoute.

18 décembre 1832,

DE LA BONTÉ.

DE LA BONTÉ.

À MADAME LA COMTESSE AMICIE DE MACHÉCO.

———◆———

La bonté est parmi nous le cachet de la perfection; chez les anciens, c'était la force triomphante; ils étonnaient l'esprit, nous attachons le cœur; leur énergie était sans bornes, notre tendresse est infinie.

La bonté n'est pas, comme on le croit, d'origine purement humaine; elle sort du

1.,

christianisme qui a recruté d'abord ses
partisans les plus nombreux dans les rangs
des esclaves. La foi qu'ils avaient reçue,
ceux-ci l'ont enseignée à d'autres ; et comme une sorte de bonté universelle cons-
titue le fond du christianisme, il est arrivé que, dans cette antiquité si brillante,
ce sont de pauvres esclaves qui ont découvert un nouvel avenir pour le monde ;
ils ont mis la moralité dans le pouvoir :
ils l'ont fait sensible.

Le génie saisit et étonne, l'esprit délecte
et amuse ; le premier se repliant sur lui-
même, cesse plutôt de se posséder qu'il
ne consent à se laisser voir : il faut arriver juste à son heure. L'esprit a des re-
dites, des prétentions, des éclipses et

des contradictions ; on regrette souvent
de ne pas le retrouver ce qu'il était la
veille. La bonté, il est vrai, ne ravit jamais l'attention ; mais elle remue doucement le cœur, le captive, le gagne et l'attache. Mêlée au regard, à la parole, aux
actions de tous les instans elle donne
ce bonheur tranquille, cette satisfaction
inaltérable qui forment de la vie, non
point une suite d'émotions profondément vives ; mais délicieusement tou-
chantes. Ce n'est pas le plaisir, c'est
mieux : c'est un bien-être universel.

On aurait tort de croire que la bonté a
besoin de puissance ou de fortune ; elle
se montre utile jusque dans les derniers
rangs de la société : le dénuement lui-mê-

me sait donner. La bonté a toujours des
ressources. On peut affirmer que de sa
présence seule s'exhale une suavité si pure, que le malheur en respire plus à l'aise :
il n'a qu'à la voir pour se sentir mieux.

Je définis la bonté, une flexibilité de
cœur qui entre dans toutes les peines
pour les soulager, dans toutes les jouissances pour les augmenter ; c'est encore
une bienfaisance inépuisable qui se dé-
pouille sans cesse pour avoir toujours à
donner.

La bonté est l'expression particulière
d'un individu comme d'une nation ; c'est
plus qu'une portion du caractère ; c'est
le tempérament même du caractère.

Les hommes ordinaires cultivent tous les jours la bonté, mais dans des rapports restreints et personnels : toute autre est-elle pour les grands princes. Ils font la bonté d'une grandeur si infinie, qu'elle dépasse toujours l'individu pour aller s'appliquer aux masses. Ces princes comprennent la bonté, ils la mesurent à leur destinée.

Je connais des hommes heureusement nés; sans exemples ni modèles, ils touchent droit à la bonté; c'est le premier chemin qu'ils trouvent : ils y font route. D'autres ont besoin que des argumens les stimulent; il faut qu'on plaide devant eux; mais leur conviction est-elle éclairée, alors ils laissent vite en arrière leurs

devanciers. Les uns ont l'habitude de la
bonté, les autres en ont la raison.

On s'étonne quelquefois de la suprême
fortune où montent certaines médiocri-
tés ; on les étudie sous tousles aspects et la
surprise augmente : voici le secret de leur
sort. Abandonnées à elles-mêmes, elles
se seraient endormies doucement, bercées
dans les molles habitudes d'une existence
heureuse, mais monotone. Par leur naissance et leurs richesses, elles ont été exposées aux regards de tous ; il n'y avait
chez elles qu'une qualité dominante : une
bonté si grande et si inépuisable qu'elle a
débordé leur indolence. Alors s'est comme élancée une conspiration générale
pour travailler à leur profit : c'était se

fournir des arrhes à soi-même. Les hommes dont je parle, soutenus par tant d'efforts réunis, ont été hissés aux premiers
honneurs; ils les ont reçus sans qu'aucun vertige les ait troublés : pour eux tout
est resté à sa place. La bonté leur a été
plus salutaire que le génie chez tant d'autres. Ils ont donné; ils ont fait le bien
comme autrefois; seulement ils en ont
agrandi les proportions : bref, par un
simple instinct du cœur, ils ont vécu plus
haut que la prospérité qu'on leur a con-
quise.

Il n'y a pas qu'une espèce de bonté :
celle du cœur; j'en compte une autre qui,
pour être de qualité inférieure, n'en a pas
moins son prix : je l'appelle la bonté de

l'esprit. La première épanche tous ses délices dans les détails de la vie privée ; la
seconde ne s'exerce à l'aise qu'au milieu
des salons ; elle suppose une grande expérience des hommes ; aussi ne vient-elle
qu'avec l'âge. On a éprouvé dans ses pré-
visions, ses dénigremens et ses admira-
tions tant de mécomptes, qu'on déses-
père de son propre jugement ; on n'a plus
de sévérité pour les fautes, ni d'enthousiasme pour les pensées généreuses ; on
devient pétri d'une indulgence universelle ; on donne plus de bonheur qu'on n'en
goûte : c'est la dernière perfection de l'esprit de société.

Depuis quinze années les partis ont été
tour-à-tour vainqueurs et vaincus : élo-

quence, génie, courage; tous ont eu leurs
jours de triomphe : ils n'ont pas duré. Il y
a dans les œuvres du siècle quelque chose
de rapidement fragile; on n'a point mis
la dernière main au comble, que les fon-
demens s'écroulent : nous ne vivons contemporains que de ruines. Au milieu de
ces chutes et de ces destructions continuelles, que serions-nous devenus, si la
bonté ne s'était pas infiltrée au sein même des mœurs européennes ! A côté de
chaque défaite, il y a toujours eu une am-
nistie. La politique et la force au lieu d'ex-
terminer pardonnent pour mieux parvenir à concilier. Les congrès repoussent les
camps : la bonté a désarmé la guerre.

Je connais des tartufes de bonté comme

de religion. Les uns ainsi que les autres
ont leurs grimaces ; c'est pour la foule
qu'ils s'agitent et s'escriment ; c'est pour
elle qu'ils prodiguent les gestes et les mouvemens : il ne faut pas s'y laisser prendre.
La bonté, comme la religion, a toujours
quelque chose de tranquille et de mesu-
ré : leurs meilleures œuvres à toutes deux
travaillent silencieuses ; elles aiment à se
cacher du public : comme toutes les vertus, elles ont leur pudeur.

A certain moment donné, la sensibilité
mouille tous les discours, et la bonté at-
tendrit tous les livres. Qu'est-ce donc ? les
hommes seraient-ils menacés de s'aimer ?
Non ; mais un parti, qui pour vaincre s'est
montré cruel, vient-il à tomber ; alors il

appelle l'oubli pour tous les crimes qui jadis l'ont servi. A l'entendre, c'est un accident ordinaire que de se tromper dans les affaires publiques : l'erreur se glisse partout ; elle s'est mêlée au vote régicide. Enfin, les bourreaux, désormais réduits à la langueur d'un stérile désœuvrement pleurent pour s'occuper, et s'échappent jusqu'à médire tout haut, même de la hache.

Il y a des hommes qui vont au delà de tous les devoirs ; ils en excèdent les limites de peur de ne pas les atteindre. Ils prennent sur leur nécessaire pour donner à ceux que le sang a fait leurs proches ; ils se dépouillent pour les couvrir ; ils se priveraient de l'air pour les

faire respirer plus à l'aise. Mais en se dé-
vouant ainsi , ils manquent de flexibilité
dans l'esprit et déposent la roideur de leur
logique jusque dans le bien qu'ils vous
font : ils possèdent le solide de la bonté ;
mais ils sont dépourvus de sa séduction.

Suivez, au milieu d'un salon, la femme
la plus spirituelle. Quel mélange de grâce
et de finesse, de saillies et d'attentions
délicates ! quel charme ! quel à-propos !
Vous la dévorez des yeux ; et les paroles
ne sont pas encore échappées de ses lè-
vres, que déjà vous les avez recueillies.
C'est pour vous une magicienne toute
puissante, une reine qui séduit la cour
qui l'entoure : c'est l'ensemble de toutes
les perfections ; elle-même jouit de sa

puissance; elle s'exalte de vos hommages;
elle s'enivre de votre admiration. Au milieu de tant de ravissemens, on lui annonce tout-à-coup des malheurs qui exi-
gent un rapide soulagement. Elle part, et
déjà elle a deviné à quel protecteur elle
s'adressera. Enfin, elle tire de sa bonté
tant de ressources, de prudence et de dévouement, qu'elle triomphe. Vite, dans
un billet écrit au hasard sur un meuble,
elle annonce sa victoire à la famille qu'elle
vient de sauver; elle saute quelques mots :
elle est pressée; on l'attend à une fête
nouvelle.

C'est ce mélange de légèreté et de bonté qui donne tant de prix aux services des
femmes; elles les glissent souvent au mi-

lieu des plaisirs; et comme elles s'amusent
du bien qu'elles font, elles ne se montrent
pas exigeantes sur la reconnaissance. Elles
ne demandent qu'un peu de mémoire; il
ne faut pas qu'on les oublie tout-à-fait.
Que dis-je! elles empreignent la bonté
d'un vernis de coquetterie; elles la rendent piquante.

La bonté chez les hommes a quelque
chose de grave et de réfléchi; elle craint
de s'engager; elle suppute et calcule. Au
premier abord on souffre à l'implorer;
mais la délibération prise, elle réunit la
persévérance à la tenue, et elle réussit en
général où il n'y a que justice à obtenir:
les femmes au contraire triomphent souvent contre toute justice.

La bonté d'une jeune fille tourne aux larmes ; celle d'une femme mariée, aux démarches ; celle d'une veuve se décide moins promptement ; mais elle est plus tenace. Il n'est pas jusqu'aux femmes âgées dont la bonté ne sollicite quelquefois pour des jeunes gens. Elles se trompent d'abord ; mais comme, entre les hommes d'autrefois et ceux d'aujourd'hui, il y a toujours quelques points de ressemblance, elles finissent par arriver au but toutes rajeunies : ce sont leurs premières campagnes qu'elles recommencent avec bonheur.

DE LA

GRANDE ET DE LA PETITE

MORALE.

DE LA

GRANDE ET DE LA PETITE

MORALE.

—◦◦◦—

C'EST chose reconnue; en fait de morale, nous avons mieux que le nécessaire, nous vivons en plein superflu. Cela fait d'autant plus d'honneur au pays qu'il y paraît peu, et qu'à chacun de nous il n'en coûte pas cher. Mais le temps dans son cours homicide emportant les lois et

la gloire, les constitutions et même la morale, je veux constater à quel point nous
étions parvenus sous ce dernier rapport.
Et comme les historiens vulgaires qui ne
s'attachent qu'à la superficie, ne manque-
ront pas de citer, surtout depuis notre ré-
génération, certains faits peu concluans,
il convient de prouver que si de temps à
autre nous nous sommes trompés, ce
n'est pas du moins faute de morale, puisque, pour être toujours en mesure, nous
en avons inventé deux : l'une grande et
l'autre petite; on ne pouvait faire mieux.

La grande morale, roide et inflexible,
ne procède que par axiôme et ne s'énonce
que pour forcer à l'obéissance. Nulle pré-
séance ne lui est refusée; et, décorée de

tous les ornemens, elle est en possession
de la première place dans l'estime et les
bibliothèques publiques.

La petite morale, flexible par sa nature,
ne présente aucun corps de doctrines uni-
formes. Forte seulement de la mobilité de
ses traditions, elle se prête à toutes les
circonstances pour les justifier toutes.
C'est elle qui, par d'ingénieuses distinc-
tions, légitime l'usurpation qui paie, et
légalise le crime qui prospère; c'est elle
qui, sans violer ouvertement une parole
donnée, en dégage par une heureuse
équivoque; c'est elle enfin qui, tout en
faisant passer les formes de son côté, dé-
lie d'un engagement sacré pour assurer un
avantage présent.

Exemple : le bienfaiteur de votre enfance est injustement accusé ; il y a péril
à prendre sa défense ; vous l'embrassez :
voilà la grande morale. Au contraire, pénétré de l'innocence de ce même bienfaiteur, vous vous écriez : le cœur me
saigne ! mais je romps avec lui ; je fais
plus, je sollicite son châtiment ; je le dois,
car la patrie avant les affections. Dans le
premier cas, fidèle au devoir, vous pé-
rissez. Dans le second, au contraire,
vous parant de fallacieuses apparences,
par elles vous scellez votre fortune d'un
solide et durable éclat. Ainsi, la grande
morale coûte, et la petite rapporte.

Dans notre état de civilisation, les paroles, même les écrits, obligent si peu les

actions que, pour moi, la morale la plus
sublime ne vaut qu'incorporée à des faits.

Au début de certaines révolutions, d'inflexibles puristes font aussitôt un unanime appel à la grande morale. A les écouter, justice, propriété, droits sanctifiés
par le temps, douces et légitimes affections du cœur, tout doit être sacrifié à
l'intérêt général qu'ils proclament la seule grande et véritable morale. Qu'on ne
s'y méprenne pas; voilà la route qui, pour
eux, mène droit au meurtre, au pillage
et à l'incendie. J'en conviens, parmi les
révolutions populaires deux * surtout ont

---

* La révolution des Treize-Cantons et celle des États-Unis.
Dans la première, nul droit de propriété n'a été violé ; quant

réussi : mais pourquoi ? C'est que le joug politique brisé, elles ont respecté la propriété dans ses droits et le cœur dans ses sentimens. Le mode du gouvernement a changé ; mais la morale est restée intacte. En France on a fait le contraire : aussi tombant aussitôt sous l'anarchie, au lieu de la liberté, nous avons recueilli la terreur.

Les gens qui ont du savoir-vivre débitent impertubablement la grande morale ; à merveille, ils la citent toujours. Mais dans les intérêts de la vie, ils se gardent bien d'en user. Seulement aux occasions

à la seconde, personne n'ignore la conduite du peuple américain envers la femme et les enfans du général Arnold.

importantes, ils parent à l'improviste la petite morale des plus sévères maximes, et à l'aide de ce déguisement, l'une leur est souvent comptée pour l'autre.

Il y a des créatures féroces et stupides qui n'ont ni grande ni petite morale. Revêtues du pouvoir, elles tuent, pillent et tombent : c'est la lie des tyrans vulgaires. D'autres hommes, au contraire, après avoir violé les règles de la grande morale, font une pause dans la petite : là, ils raisonnent et arguent. Trompant ainsi tous les intérêts, ils les rallient, les rassurent, et aidés de leurs secours, ils rentrent pour toujours dans l'ordre dont ils n'étaient sortis que par écart : tels sont les conquérans habiles.

Conclusion : les devoirs et les obliga-
tions consciencieusement remplis, carac-
térisent la grande morale; les intérêts habilement masqués composent la petite.
L'une est à l'usage des gens de bien, vi-
vant dans l'obscurité; la seconde est la
science des habiles qui veulent réussir
avec le temps et pour long-temps.

DE L'AUTOMNE.

DE L'AUTOMNE.

A MADAME LOUISE DE SAINT-PROSPER.

———— ❧ ————

JE cause plutôt que je n'écris : pour
mieux dire , c'est une lettre qui tombe
entre les mains du lecteur , et que j'a-
vais adressée à une personne qui m'est
chère ; c'est à elle que je parle ; elle me
comprend à demi-mot. Il est des sensations qu'on aime à ressentir , ne fût-ce

que parce qu'on sait qu'elles seront par-
tagées. Elles éveilleront des souvenirs,
amuseront l'esprit et peut-être même
feront battre le cœur d'un autre. Histo-
rien de ses propres sensations, il est difficile que du jour au lendemain on ne
les retrouve pas pleines de force et de
chaleur : alors on est véridique et atta-
chant. S'en rapporte-t-on exclusivement
à la mémoire, il est rare qu'avec les années elle ne trompe pas. En effet, elle ne
rappelle plus que les masses : tout ce qui
est détail est perdu, et dans la vie ordinaire, c'est là que gît l'instruction. Il arrive donc que l'imagination prend la place de la mémoire ; elle peut faire mieux,
mais elle fait autrement : elle ajoute ou
elle change, son coloris est partout.

Au lieu de ces sensations naïves qui
sortent de la présence des objets, on
n'a plus qu'un tableau d'artiste ; voilà ce
que j'éviterai. Les sensations dont je vais
t'entretenir, je les ai éprouvées il y a
quelques heures seulement.

A peine si dans notre grande ville on
s'aperçoit de l'automne; nous ne vivons
pas dans les jardins publics ; nous allons
pour y causer avec quelques amis. Les
affaires de l'état, les nouvelles de bourse, les prétentions des coteries, les arti-
cles de journaux, nous occupent aux
Tuileries comme dans les salons. On ne
peut traverser même les allées les plus
désertes du Luxembourg sans avoir les
oreilles frappées du bruit de nos discus-

sions ; les jeunes gens marchent et plaident à-la-fois ; l'automne n'inspire aucune pensée dans Paris : ce n'est qu'une saison qui vient remplir sa place.

Mais a-t-on franchi les murs de la ville , quelle différence ! Ici le murmure des vents , là les arbres qui gémissent dépouillés de leurs feuilles ; ici des prairies qui fatiguent la vue ; elles s'étendent au loin jaunes et flétries ; ailleurs des ruisseaux qui franchissent leur lit , et dans leurs irruptions noient ces bords où naguère s'étaient acclimatés des peuples de fleurs ; enfin, c'est le vigneron qui descend avec tristesse ces coteaux où tant de fois il a épuisé sa sueur : il écarte du pied le cep et repousse ses feuilles devenues rouges ; c'est lentement qu'il retourne à sa demeure.

Le soleil apparaît encore, ses rayons sont rares ; ils plaisent à l'œil, mais ne réchauffent plus ; on n'entend aucun bruit : tout est muet et stérile. Il y a dans les accidens de l'automne une désolation si profonde, une mort si souvent renouvelée, que je ne comprends pas qu'au retour d'un trajet dans la campagne on puisse encore parler de la durée de nos sociétés et de la puissance de nos institutions : tout cela doit disparaître.

Les peuples, dans l'immensité des siècles, n'ont qu'une saison à vivre... L'automne arrive vite pour eux. Que de gloire

3..

ne renferme pas la poussière qu'octobre
soulève dans un beau jour! Tout est ruines
et jeunes ruines; il n'y a de vieux que le glo-
be qui nous porte, et c'est encore tout frois-
sé de révolutions que lui-même fait route.

Quel charme en automne de marcher
seul au milieu des sentiers! La respira-
ration est légèrement oppressée; des soupirs s'échappent du cœur; mais une foule
de pensées délicieusement tristes se suc-
cèdent tour à tour. On revient sur tous
les souvenirs de sa vie, on se juge, on se
condamne. Il n'y a plus de témoins pour
vous faire rougir, de sophismes pour vous
tromper, d'intérêts pour vous séduire:
tout est grand, tout est solennel, la scène,
l'arrêt et le coupable.

Il n'est guère d'hommes qui ne conservent le souvenir de quelque impression
d'automne. Quel beau jour à dix-huit ans
que de parcourir la plaine, de gravir les
coteaux, de pénétrer dans les bois avec
celle qu'on aime! De quelle pureté alors
le cœur n'est-il pas plein! On est heureux parce qu'on ne sait pas ce qu'on
désire; au lieu d'une passion profonde,
c'est un sentiment vague qui berce et
agite doucement; sans se parler, on se
sent bien d'être ensemble; on craint de
se quitter; seulement, au milieu des plus
longues promenades, on laisse tomber
quelques paroles; elles sont sérieuses,
mais tendres : elles reflètent l'automne.

Tout est joie et espérance au printemps ; on jouit, on savoure en été, mais on ne se recueille bien qu'en automne.

Les plus grands crimes n'ont été commis en général que dans les jours où la température est extrême... Il y a des saisons où l'homme se repose, même pour le mal ; il semble, pour la destruction, s'en remettre à la nature : peut-être trouve-t-il qu'elle fait mieux que lui. Bref, s'il y a moins de crimes en automne, serait-ce parce qu'il y a plus de réflexions?

Les grandes pensées, les grands ouvrages sont presque tous dus aux inspirations de l'automne : c'est la saison où l'on sent et médite le plus ; c'est celle par conséquent où l'on invente le mieux.

Les poètes doivent à l'automne les images, les émotions, et surtout ces mots si tendres qui amolissent tous les cœurs, et font pleurer dans toutes les langues.

Pour qui séjourne aux champs, il y a dans l'automne un mélange de haute raison et de douce mélancolie. Au milieu de cette destruction continuelle qu'étalent sous toutes les formes les jours bas et nébuleux de cette saison, on a pitié du monde : pour se donner quelque prix, on se réfugie dans ses affections de famille , on se fortifie dans ses devoirs de citoyen; enfin , on vaut presqu'autant que si l'on allait mourir.

C'est un contraste touchant que celui

de l'âge mûr et de l'enfance, parcourant
ensemble dans l'automne des routes désertes. J'avais hier avec moi deux enfans
en bas âge; tandis que j'étais livré tout
entier aux émotions que je retrace dans
ce moment, ils cueillaient quelques
fleurs à moitié flétries, en faisaient des
bouquets qu'ils jetaient sur la route
pour en faire de nouveaux; ils étaient
pleins de feu, de vivacité et de mouvement; j'avais peine à les suivre : ils
couraient pour ainsi dire à travers les
émotions sur lesquelles je m'arrêtais.

DES DEVOIRS

ET

DES INTÉRÊTS.

DES DEVOIRS

ET

DES INTÉRÊTS.

———◦———

MESURE INFAILLIBLE de la puissance d'un
état : quand les devoirs commandent et
que les intérêts s'oublient.

Le sauvage a l'instinct de ses intérêts ;

l'homme civilisé possède la science de ses devoirs.

On se rencontre pour ses intérêts ; on s'allie par ses devoirs : les premiers réunissent les masses ; les seconds enfantent les peuples.

Les devoirs s'inoculent les uns par les autres : leur multitude, c'est leur force.

Les intérêts énervent dès qu'ils se multiplient ; ils font plus que de captiver : ils lient.

Les devoirs ne condamnent pas les intérêts ; ils les disciplinent.

Il faut mourir pour ses devoirs et ne vivre que par intervalle pour ses intérêts.

Devoirs : véritable poésie de la civilisation ; ôtez de nos livres les nobles ré-
sistances, les sentimens héroïques et les
luttes généreuses, il ne leur reste plus à
mettre en relief que ce que nous cachons
chaque jour derrière les rideaux.

En littérature, comme il ne s'agit pas
de régler des rapports d'homme à homme, il n'y a pas de devoirs ; mais en
retour s'élèvent certaines règles. Les dé-
daigne-t-on, c'est pour tomber d'une
seule chute dans la barbarie ; et on y
prend racine, parce que rien n'est plus
obstiné que l'esprit qui se trompe.

Les princes font en maintes occasions

remise de certains devoirs et gênent en
retour quelques intérêts. C'est là, une
grave erreur. Tout est impératif dans les
devoirs : tout doit être de laisser aller
dans les intérêts.

Les mœurs publiques ont charge de
classer les rangs par l'estime qu'elles distribuent : éclairées, elles permettent aux
intérêts de se caser avec avantage ; mais
elles portent les devoirs à la place d'honneur : c'est là, toute la moralité de la
civilisation.

Différence à saisir entre certains vices
et certains intérêts ; les uns passent vite :
ils s'élancent d'un seul bond ; les autres
s'éternisent : ils calculent.

Aujourd'hui on met ses intérêts sous l'abri de certains devoirs ; c'est un pavillon mobile dont on couvre sa marchandise ; on fait mieux : on exagère tour à tour l'arbitraire et la liberté. La démocratie règne dans ce moment ; c'est donc son hypocrisie qui est à la mode.

DES COMÉDIENS.

DES COMÉDIENS.

———·◦●◦·———

Dieu me garde de jamais parler légèrement des comédiens, ni surtout des
comédiennes ! D'abord, parce que le sujet est en soi grave et respectable ; d'un
autre côté, le siècle qui n'en a pas très-
bien usé avec les souverains, voire avec
les souveraines, est d'une délicatesse
extrême à l'endroit des princes et prin-
cesses de théâtre ; et, de nos jours, c'est
courir péril de mort que de s'attaquer à la

4..

royauté des planches. Je me renferme
donc dans l'admiration la plus complète
et le respect le plus profond : toutefois
je demande à faire ici un léger rappro-
chement historique. Auguste, qui détruisit la liberté romaine, admettait
Bathyle dans son intimité; chez nous,
et à une époque où la liberté ne floris-
sait guère, le successeur de Charlema-
gne déjeûnait sans façon avec Oreste-
Talma. Y aurait-il donc incompatibilité
entre la comédie et la liberté? Je ne
sais, mais j'en aurais vraiment regret
pour le siècle qui a fait presque autant
pour l'une que pour l'autre.

Je souffre à le dire : l'art dramatique
ne peut se conserver en France qu'à une

seule condition : que tous les théâtres
soient hermétiquement fermés durant
plusieurs années. Famine s'en suivra parmi les comédiens, auteurs dramatiques,
chanteurs, propriétaires de salles et autres espèces. Les uns deviendront d'hon-
nêtes artisans, les autres se perfection-
neront dans l'orthographe; les derniers
enfin mettront leurs salles en remise
ou en garni. Le terme de la clôture
arrivé, quatre ou cinq théâtres seront
rétablis dans la capitale , et un seul dans
chacune de nos quatre grandes villes de
province. Il n'y aurait plus place au ré-
pertoire que pour les pièces avouées
par le goût , et le droit de jouer que
pour les meilleurs comédiens. En effet ,
que résulte-t-il de cette surabondance

de théâtres et d'acteurs dont nous sommes affligés ? L'art dramatique ne pouvant suffire à l'approvisionnement quotidien , il faut que les auteurs s'appliquent exclusivement à l'étude particulière des effets propres à telle ou telle scène ; ils ne connaissent alors que la science des planches. D'autre part, toutes les fois qu'il y a, comme aujourd'hui , surabondance de comédiens , la médiocrité crée une cabale applaudissante qui , moyennant honnête remise , lui assure bis , trépignemens de pieds, bravos de fureur ; et au lieu que jadis le parterre faisait les comédiens, aujourd'hui les comédiens font le parterre. J'envisage maintenant, sous le rapport des mœurs, la quantité désastreuse de nos théâtres ; je demande que

l'on compte les employés en sous-ordre
qu'ils font végéter dans la misère et le
désordre : calcul fait, dites-moi si vous
n'êtes pas effrayé de cette vermine innombrable qui pullule dans les coulisses
parisiennes?

Deux nouvelles causes de la décadence
de l'art dramatique : la première, l'organisation républico-oligarchique de certains de nos théâtres où les comédiens se
régissant eux-mêmes, sont, en d'autres
termes, administrés par les sept péchés
capitaux; il en résulte que le zèle, l'hon-
nêteté, le talent et le génie sont sans cesse repoussés, et qu'à la majorité des voix
et à titre de privilége, la médiocrité vi-
cieuse règne partout en souveraine.

La seconde cause de la décadence de l'art dramatique est due à l'avidité mer-cantile de quelques chefs d'emploi qui spéculent sur la misère des auteurs, et se rendent à vil prix adjudicataires de piè-ces. Comme ils ont d'ailleurs le goût sûr et la main heureuse, ils tombent jus-te sur les plus détestables rapsodies; nécessité n'en est pas moins qu'elles soient souvent jouées et toujours ap-plaudies. En cas de résistance, le public des comédiens adjudicataires s'insurge, bat et chasse le véritable public, auquel encore on ne rend jamais son argent à la porte.

Je me souviens d'avoir écrit, alors j'é-tais bien jeune, que l'art dramatique

corrige les mœurs : pur enfantillage ; il a
pu en être ainsi chez les anciens, où les
représentations théâtrales étaient de véritables solennités religieuses. Chez nous
autres modernes, le théâtre ne doit être
considéré que comme un amusement * qui
empêche la jeunesse de se livrer à d'autres
beaucoup plus dangereux ; c'est, au vrai,
ce qu'il y a de mieux à dire pour les comédiens. Quant aux dames et demoiselles
de nos grands et petits théâtres , je leur

---

* Je persiste à regarder cette observation comme juste, en
tant qu'elle s'applique à l'époque actuelle. Mais je pense en
même temps que la forme de gouvernement sous laquelle
nous vivons modifiera l'art dramatique, et le rendra utile. Au
reste , c'est ce que j'essaierai de démontrer dans un chapitre
sur l'art dramatique , et qui se trouvera dans le second vo-
lume de cet ouvrage.

rends justice : elles sont utiles aux mar-
chandes de modes , bijoutiers , carros-
siers et autres industriels ; à merveille encore elles polissent les manières et adou-
cissent les mœurs. Tout cela peut-être
aux frais, risques et périls de qui les admire argent comptant ; mais qu'importe
si l'industrie marche ?

Il régnait autrefois en France dans les
classes intermédiaires et jusque chez le
petit peuple , une répugnance invincible
contre les comédiens ; mœurs , lois , religion : tout les réprouvait. Ils avaient
néanmoins accès dans les hautes classes,
parce que là on était toujours bien reçu
quand on savait amuser , ou qu'on ap-
portait le tribut d'une haute réputation.

Les lois , qui flétrissaient les gens de théâtre , ont été abolies; on a déclaré guerre à mort à tous les préjugés ; on a même fait de l'égalité la base de la civilisation moderne. Quel triomphe préparé aux comédiens! En ont-ils recueilli les avantages? Voyons : on les admettait jadis dans les hautes classes, où l'autorité du rang les refoulait dans leur état; maintenant qu'ils peuvent prétendre à tout, on leur tient close la porte des palais. Dans la société mitoyenne et au-dessous , loin de se mêler à eux , on les redoute : on les subit comme fils, on les évite comme gendres. Les droits politiques leur restent; mais, dès l'instant où l'ordre est revenu, nul suffrage n'a été les chercher. Ainsi, en 1832 ils ne trou-

vent que difficilement place dans la famille et ne montent jamais jusqu'aux
affaires publiques. Les lois ont pris leur
parti; les mœurs ont défait les lois. Chose
étonnante ! Depuis quarante-deux ans,
tout a changé autour de nous : il n'y a eu
d'immobiles que les comédiens; ils sont
comme rivés à la même place.

Il est juste de le déclarer, on a vu des
comédiennes être chastes, on a gardé leurs noms, on les sait par cœur;
sans trop se fatiguer, la mémoire y suffit.
Quand on considère les périls de la
profession, j'ajouterai les écueils que sans
cesse y rencontrent les femmes; on de-
vrait faire foule autour de celles qu'une
inflexible sagesse a couronnées. Le con-

traire a lieu ; elles arrachent plutôt une
éclatante surprise qu'une douce satisfaction. On assiste par l'esprit à toutes les pro-
vocations qui les assiègent : on rend justice
à leur force , mais on souffre de l'emploi
qu'elles en font. Sans doute la vertu reste
invincible , mais la délicatesse se flétrit :
on cite de pareilles femmes , elles n'attachent pas.

Les comédiens sont artistes , je veux
dire les grands ; ils inventent à leur manière : le public les paie et les enrichit ; ils
ont valets de chambre , cuisiniers , équipages , secrétaires ; on court sur leurs
traces pour les voir passer , on se range
pour leur faire place ; cependant l'histoire est pour eux sans avenir , ou s'ils

tombent quelquefois dans ses récits, c'est plutôt par leurs vices que par leurs talens. En effet, les comédiens qui ne parlent qu'aux sens ne peuvent pas s'élever jusqu'à la gloire qui reste : leur génie est comme impalpable* ; ils s'en vengent par les plaisirs ; et dans ce genre leurs excès sont tels qu'ils en éternisent leur mémoire.

Il faut applaudir le génie partout où il brille, et honorer les bonnes mœurs dans chaque profession ; voilà ce qu'on répète d'âge en âge : on fait bien. Mais, d'un

---

* *The art and artist have one common grave.*

GARRICK.

La même tombe enferme et l'artiste et son art.

autre côté, quand on considère les intrigues où s'use la vie des gens de théâtre ,
quand on pèse les conditions de leur cé-
lébrité, quand on songe à tous les vices
où les lie leur amour-propre désespéré
par une irritation continuelle , on s'incli-
ne devant l'arrêt prononcé par la pudeur
du genre humain : on sent qu'il est irré-
vocable.

J'ai assisté très-jeune aux jeux de la scène ; sous l'Empire, c'était l'usage. Avec
quelle joie nous accourions aux solennités dn théâtre français ! Il était comme la
société d'alors un mélange de la puissance
du passé et de la grandeur du présent.
J'entends, je vois encore ces admirables
comédiens qui, avant 1789, avaient fait

les délices de nos pères ; ils nous ravis-
saient tous par ce naturel exquis, et cette
élégance parfaite dont la tradition est
désormais perdue. L'ère nouvelle n'avait
à leur opposer que deux talens tout-à-
fait hors ligne, et encore leur jeunesse
avait-elle été nourrie à la vieille école.
C'était Talma dont le génie avait deviné la véritable transition qui devait conduire du théâtre ancien au
théâtre nouveau. Dans un genre opposé
s'élevait une femme * que les années ne
semblent pas même pouvoir condam-
ner à la vieillesse. Chez l'un, tout est
profondeur et sublimité ; chez l'autre, tout
est grace et séduction. Ici des études

* Melle Mars.

persévérantes ; puis des inspirations qui éclatent soudaines et terrassent d'admiration ; là une finesse, un tact, un fini, une perfection continuelle. L'ensemble comme les détails, tout tient du prodige* : pose, physionomie, taille, diction, tournure, organe, intelligence : il n'y a qu'à battre des mains. De ces deux immortels

* Il est bien à regretter que les amateurs n'aient pas conservé note de tant d'hémistiches que Talma créait de nouveau ; un pareil travail pourrait être encore inspiré par ces mots que Melle Mars dit et détache d'une manière si ravissante. Ce serait un éternel monument que l'on éleverait en même temps et à la gloire théâtrale et à l'art dramatique. Il ne faut pas se lasser de le répéter : Talma et Melle Mars ont inventé une foule d'effets inattendus, mais toujours admirables. Le travail que je propose serait un commentaire en action et pour la tragédie et pour la comédie.

artistes , un seul nous reste ; qu'il dispa-
raisse, et il n'y a plus de théâtre français ;
on y comptera seulement des comédiens
agréables.

DE

L'AMOUR-PROPRE.

DE L'AMOUR-PROPRE.

—◆—

L'amour-propre est le sentiment d'une fausse supériorité qui nous égare dans la juste appréciation de nous-mêmes. Placé entre l'envie et l'orgueil, il tient souvent de l'un et de l'autre.

L'amour-propre est né le jour même où un homme, pouvant se comparer à un autre, s'est sur-le-champ décerné la préférence : c'est, à bien dire, le signe qui dé

cèle qu'une société est véritablement en-
fantée.

Il est des peuples chez lesquels l'amour-
propre se traîne toujours renfermé dans
les limites les plus étroites comme les plus
vulgaires : ceux qui depuis plusieurs siècles, vivent éteints sous le despotisme,
quelle que soit sa forme. Chez les peuples, au contraire, jouissant des plus brillantes facultés intellectuelles, l'amour-
propre rapidement formé, s'étend et s'attache à tout ce qu'il y a de plus élevé.

D'après la nature particulière de l'a-
mour-propre chez une nation, on peut
déterminer quelle place elle occupe
dans la civilisation ; c'est sous ce dernier

aspect, digne de l'attention des esprits
réfléchis, que je vais examiner l'amour-
propre.

Je prends d'abord pour fait irrécusa-
ble, que l'antiquité, du moins dans sa
partie la plus éclairée, la Grèce, s'est ral-
liée à l'institution républicaine, non pas
que son enfance ne se fût écoulée heureuse sous le gouvernement monarchique. Mais persécutés promptement par
leur amour-propre, les Grecs installèrent
le système républicain qui accorde non-
seulement au talent, mais à ceux qui
souffrent de ses prétentions, le droit d'in-
tervenir dans la direction de la société. Il
importe encore de faire remarquer qu'a-
lors l'état, renfermé dans l'espace étroit

d'une ville, tenait sans cesse les hommes
en présence les uns des autres, et impri-
mait à l'amour-propre une irritation d'autant plus vive, qu'il était condamné à tout
emporter de haute lutte. En outre, du
citoyen à l'esclave la distance était laissée
si infinie, qu'au dernier rang, la liberté
décorait jusqu'au dénûment même. Enfin, les droits politiques réservés au citoyen seul le précipitaient continuellement
dans les hasards de la guerre : puis les sé-
ditions de la place publique, les orages
de la tribune exigeaient un déploiement si
excessif de toutes les forces, que, dans
ces temps, on valait trop pour ne pas s'es-
timer beaucoup. L'amour-propre exaltant
ainsi toutes les facultés, des peuples,
petits en nombre, faisaient d'immenses

conquêtes et enrichissaient les sciences et
les arts des chefs-d'œuvre les plus prodigieux ; c'était une création perpétuelle ;
mais en retour, il n'y avait pas durée.
Cette fièvre, inoculée par l'amour-propre,
tourmentait la société d'une agitation trop
violente. Juge dans sa propre cause, l'a-
mour-propre ne se refuse rien ; il en
résulta que les citoyens de l'antiquité,
avides dans toutes les classes non-seule-
ment de droits politiques, mais encore du
pouvoir attaché à certaines dignités, épui-
sèrent, pour les obtenir, la sève de l'état.
De la royauté, l'amour-propre avait poussé à la république ; de celle-ci, il précipita dans tous les désastres de la démocratie ; telle fut son influence chez les
Grecs : pour les assujétir, les Romains en

profitèrent. Cependant, moins étendu,
le même principe existait aussi chez eux :
avec le temps, il exerça une semblable
influence *.

Rome s'était surtout signalée par la conquête : la puissance des armes resta donc

* Dans les républiques , à quelques exceptions près , si les
droits politiques appartenaient à tous les citoyens, c'est-à-dire
aux hommes libres , la faculté de parvenir à toutes les dignités ne fut d'abord accordée qu'à quelques-uns. L'amour-propre se développa plus tard jusque dans les dernières classes,
soit par le butin que donnent les conquêtes , soit dans nos
temps modernes par les richesses que fait acquérir l'industrie.
Des démagogues ambitieux en ont profité pour appeler ces
mêmes dernières classes à la possession des dignités. Partout
où les démagogues ont réussi , la constitution a été détruite,
et parce que tout le monde a été convoqué au partage , personne n'a plus recueilli.

en définitive souveraine dans ses murs.
Pour le malheur du monde, elle produisit
bientôt de tous les despotismes, le plus
affreux, le despotisme militaire, puisqu'il
rassemble pour le mal toutes les ressources : la force et l'obéissance aveugles. Sans
doute, l'amour-propre avait pris une ex-
tension trop considérable; mais il n'en
avait pas moins, à certains égards, fait arriver la société au dernier terme de sa
grandeur. Sous l'Empire, on redouta de
laisser percer une supériorité quelconque,
soit dans les exercices du corps, soit dans
ceux de l'esprit; pour vivre, il fallait n'ê-
tre pas aperçu. Sur ces entrefaites, le
christianisme apparut véritable lumière;
au lieu que jadis on avait élevé l'homme
pour triompher dans la société; il le fa-

çonna pour qu'il gagnât l'éternité, et, par l'humilité, remplaça l'amour-propre que la crainte avait fait se réfugier dans l'intimité du cœur. Enfin, la force militaire, qui seule soutenait l'édifice, étant venue à chanceler, les barbares du Nord se partagent les lambeaux flétris de l'empire. Des libertés irrégulières de ces sauvages et de la férocité de leurs conquêtes sortent des désastres inouis. A son tour, la féodalité multiplie la brutalité de la force, et, hors certains chefs armés, ne laisse plus de citoyens.

Cependant en Italie, quelques villes se conservent, des républiques en surgissent *. L'amour-propre se montre bien-

* Les républiques italiennes du moyen âge.

tôt chez elles, tel qu'il avait été dans l'antiquité. Aussi, après avoir enfanté des
prodiges en tous genres, ces républiques
s'engloutissent dans le pouvoir d'un seul.
Partout ailleurs en Europe, la royauté
se dégage la première et vient aux secours des peuples ; grâce à ses efforts, les
droits politiques, les lettres et les sciences
pénètrent insensiblement dans les villes ;
grâce encore aux droits politiques, que
tantôt la royauté distribue, que tantôt elle
vend, d'utiles alliés se forment pour elle.
Les citoyens renaissent en masse ; déjà ils
commencent à être en proie à toutes les
exigences de l'amour-propre ; mais lois,
institutions, mœurs et croyances le con-
tiennent et le musèlent durant de longues
années. L'unité de foi est rompue : le pro-

testantisme, après de longs combats, reste toléré en Allemagne, tandis qu'il tombe vaincu en France*. Sur le sol de l'Angleterre s'élève, à la suite de la plus effroyable anarchie religieuse, une république**; elle dure peu : l'amour-propre néanmoins exploite son règne, et fait de telles conquêtes, que la royauté dans cette contrée ne subsiste plus que profondément modifiée.

Parmi nous, le grand siècle accomplit l'œuvre de la civilisation la plus parfaite : l'amour-propre s'accrut de ce mouvement prodigieux de l'esprit; il importait désormais de le régler. Loin de là, le pouvoir

---

* Par Richelieu et Louis XIII.

** Sous le protectorat de Cromwell.

distribua* à toutes les classes le bienfait
d'une éducation gratuite, et, sans en cal-
culer les suites, jeta dans le monde des
supériorités d'une nouvelle espèce : celles
de l'intelligence. Malheureusement il ne
sut ni les contenir ni leur créer une carrière politique. Elles imaginèrent alors
un état de société où la naissance et la
fortune, s'évanouissant devant le talent,
lui laissaient toute chance. Le génie, qui
plaidait dans sa propre cause, séduisit
les classes supérieures, tandis qu'il ameu-
tait les classes intermédiaires qui, depuis
longues années, enrichies par l'industrie
et ennoblies par l'éducation, s'indignaient
de la mesquine influence qui leur était

* Sous la régence.

concédée. Ainsi soutenues, les supériorités de l'intelligence ne négligèrent rien
pour amener la ruine de l'ancienne monarchie : elle eut lieu. Toutes les classes
de la société purent désormais prétendre
aux emplois, et par là s'en crurent dignes. Chacun, à force de génie, se dispen-
sant d'études et de méditation, s'impro-
visa juge, administrateur, diplomate et
législateur. Qu'en résulta-t-il ? que jusqu'à la civilisation, tout fut compromis.
Cependant, comme chez les anciens
Romains, la force militaire avait pris
chez les Français les développemens les
plus considérables ; parmi eux, elle
sauva l'indépendance nationale*. Deve-

* Guerres de la révolution.

nuebientôt conquérante, elle sema en tous lieux * les fléaux démocratiques, que l'amour-propre avait répandus parmi nous.

L'heure sonne, un soldat s'empare de cette force des camps, la gorge d'or et de titres ; et aidé de son secours, édifie un nouveau despotisme. Il aurait réussi, sa vie durant, si, emporté par la rapacité des conquêtes, il n'eût été arracher la couronne aux rois et ravir l'indépendance aux peuples ; et si, barbare au dix-neuvième siècle, il n'eût distribué les terres de la conquête à ses lieutenans affamés. C'était trop tenter à la fois. Une ligue fut donc jurée entre les peuples et les rois contre

* Les républiques cisalpine, helvétique, etc.

cette nouvelle féodalité. Devant les sacrifices qui les attendaient, l'amour-propre
des peuples s'exalta ; et, comme dans
toute société avancée, les divers genres
de gloire sont épuisés, les rois promirent
des droits politiques qui, dans leur généra-
lité, caressent l'amour-propre de toutes
les classes. Cette fois la victoire passa du
côté de la justice. La parole des princes
fut tenue ; et, sur différens points s'éle-
vèrent des gouvernemens représentatifs.
De l'oppression la plus terrible sortirent
pour les peuples de nouvelles jouissances
d'amour-propre. Aussi, ce sentiment *

---

* L'amour-propre est arrivé au point précis ; il y a égale-
ment danger si on l'en sort ou si on cherche à l'en débusquer.
(*Note de la* 4ᵉ *édition :* 1825.)

entré aujourd'hui dans une ère nouvelle, touche-t-il au dernier développement que puisse lui accorder la royauté : un pas de plus, et l'Europe est républicaine.

Il en est de l'amour-propre comme de l'amour ; il se fait trop sentir pour permettre qu'on raisonne encore ; seulement ce dernier s'attiédit et se passe par les jouissances. L'amour-propre au contraire s'en augmente et s'en exalte : il survit aux mécomptes comme aux plaisirs ; et il ne vieillit jamais, parce que l'âge au lieu de l'éteindre ne fait que renouveler sa forme.

L'amour-propre est si subtil qu'il passe à travers le silence et la modestie ; la

6..

physionomie l'a déjà dénoncé qu'il n'est
pas encore échappé du cœur.

Les jeunes filles ont entre elles un
amour-propre qu'on serait tenté de regarder comme enfantin ; tant il paraît avoir
peu de raison et de discernement. Mais
il cherche son chemin ; et l'heure arrivée,
il surprend par son habileté, sa ruse et
sa profondeur : à son premier début, il
a toute la science du succès.

Inflexible pour notre amour-propre, il
faut vivre plein de concessions pour celui
des autres. Ainsi, tant qu'on ne touche
pas au premier rang, on ne doit se montrer dans le monde que soutenu d'une
mise riche et brillante. Privé de cette en-

luminure, le mérite, j'en conviens, peut
entrer et se mouvoir librement au salon ; mais il n'en est pas moins vrai que,
dans ce siècle de parvenus, la simplicité
d'un modique vêtement met en fuite la
plus vieille amitié et fait chanceler la parenté la plus proche.

Dans la société, un homme adroit
s'empare de tous les amours-propres qu'il
rencontre sur son chemin, les fond dans
son intérêt et marche ensuite sûrement
à sa fortune.

Avant d'aller dans le monde, l'amour-
propre s'impose à l'avance le joug d'une
pudique retenue et se broie à loisir une
rougeur de commande ; ainsi préparé,

il fait son entrée. Mais au moment où il
guette la louange au passage pour l'écarter sans la perdre, la conversation tourne, et s'attache à un perroquet qui siffle,
un serin qui chante ou un enfant qui ba-
bille. Démonté par ce contre-tems, l'a-
mour-propre part, s'élance, et ne se montre
jamais si étendu que quand il a débuté
par la gêne d'une modestie d'emprunt.

L'amour-propre existe indépen-
damment de la fortune, de la gloire, du
succès, de la position et des talens : il
s'infuse partout où il trouve à jouir. C'est
un écueil qui n'a pas toujours de forme
précise, et contre lequel se brise égale-
ment la sainteté du cloître et le savoir-
vivre de la société.

De nos jours , l'amour-propre , sans
cesse en représentation , éprouve de fréquentes disgrâces , souvent même on le
croit abîmé sans ressources ; mais dans
la rapidité de sa course il s'accroche en
passant à une louange, s'y repose, recou-
vre ses forces, reparaît de nouveau , et ,
par sa prestesse même, soulève les applaudissemens de la foule.

Les gens d'esprit et les savans se rapprochent rarement, parce qu'il faut entre
eux trop d'espace pour l'amour-propre.

J'ai vu des hommes vivre entre eux,
passé la familiarité, puis, dans le grand
monde, je les ai surpris s'esquivant tous :
c'est qu'en pareille occurrence, l'amour-

propre ne veut aventurer tout contact
qu'avec la grandeur qui, en passant, le
teint de son illustration. Il est vrai que
celle-ci, de son côté, ne songe qu'à écarter et méconnaître l'empressement qui
la recherche. N'importe, la joie d'une de-
mi-reconnaissance sauve l'amertume de
cent désaveux, et s'enregistrant dans la
mémoire, donne, par l'éclat de la publicité, droit de mépris entre égaux, huitaine durant.

Il y a des gens en sous-ordre qui entrent par hasard dans le palais du prince,
le voient, lui glissent quelques paroles,
et tout à coup croissent et s'élèvent si haut,
que la mémoire se perd à énumérer les
titres et les dignités qui éclairent l'obscu-

rité de leur première origine. On se ré-
crie tout surpris : Qu'ont fait ces gens ?
Je vais vous le dire : ils ont touché juste
à l'amour-propre du prince.

On se demande tous les jours pourquoi les hommes supérieurs se ravalent
par les avances que leur inspire l'inquiè-
te avidité de leur amour-propre. A cela
je réponds que le sentiment de la gloire
les condamne à prélever sur l'admiration
contemporaine un tribut toujours im-
pitoyablement refusé. Consternée, leur
grandeur fléchit et fraternise un instant
avec la médiocrité qui, enivrée de ce triomphe, applaudit et bat des mains. Enfin,
s'il faut surprendre par une sincérité inat-
tendue, j'avouerai qu'il y a dans l'amour-

propre des jouissances si intimes, des joies si profondément pénétrantes que, remué par leurs transports, le cœur s'étend et se dilate jusqu'à la dernière borne de la félicité humaine. Sachons donc pardonner aux hommes supérieurs les fautes que leur arrachent un sentiment qui les rend si heureux.

Il y a des hommes qui enveloppent leur amour-propre dans une humilité si profonde, qu'il se glisse inaperçu ; s'établissant ensuite solidement dans le monde, il fait subir son empire avec d'autant plus de tyrannie, qu'il a pour lui le passeport des formes.

L'enfance balbutie encore avec peine,

qu'on place la vieillesse sous ses ordres :
elle l'interroge, la reprend, l'endoctrine,
et, suivant son bon plaisir, lui admi-
nistre la réprimande. Ainsi bourrée d'a-
mour-propre, la génération actuelle fait
son entrée dans le monde. Aussitôt l'admiration de la tribune court au devant
d'elle, la salue du nom de vénérable ; et
alors qu'elle n'est pas encore digne du
titre d'homme, elle en fait d'importans
citoyens. Hâtée sur tous les points par
la précocité de son amour-propre, la
jeunesse arrivera décrépite aux affaires ;
elle y passera sans pouvoir s'arrêter, et
le gouvernement de la société restera en
définitive à quelques-uns de ces jeunes
hommes qui, élevés dans le doute de leur
perfection, auront acquis par une fatigue

continuelle la vigueur du caractère, et par
un saint respect des traditions, la puissance du bon sens. Qu'on me croie, les
vieilles sociétés ne se sauvent jamais par
les sentimens vicieux qu'elles ont créés,
mais bien par ce qui leur reste encore
de vertu et de sagesse. Courbons la jeunesse jusqu'à l'humilité; et, au jour du
service, elle se relèvera forte.

Je dirai aux hommes courant la carrière
des arts : Ne vous mêlez pas souvent à la
société, surtout si elle est élevée; car
pour votre amour-propre il y a là beaucoup trop à souffrir. En effet, le monde,
pour qui la position sociale est tout,
n'accorde qu'à la dignité, la fortune ou la
naissance, l'hommage de sa véritable

considération. Si, attentif un instant, il jette quelques éloges à l'amour-propre des artistes et des littérateurs, il ne leur en fait pas moins sentir par des nuances infinies qu'ils n'ont été appelés que pour servir de relief et comme pour procurer le luxe du génie.

Un événement immense a éclaté *. Quelle prodigieuse issue allait être ouverte à l'amour-propre du petit peuple qui le premier avait couru aux armes ! c'était l'opinion générale. Mais le travail a manqué sur-le-champ, et le vainqueur a traversé en trois jours sa souveraineté pour arriver droit à l'aumône publique. Il a

* Journées de juillet.

soutenu son malheur avec une dignité
qu'on ne lui soupçonnait pas : il a plus
souvent refusé que reçu. Mais ce qu'il a
souffert est incrusté dans sa mémoire :
tôt ou tard il réglera ses comptes. C'est
dans son amour-propre qu'on l'a attisé ;
il lui faudra cette fois plus que de l'argent et des jouissances physiques : il des-
cendra l'état à son niveau pour en saisir
le commandement.

DU RIDICULE.

DU RIDICULE.

———•———

Il faut convenir qu'au temps passé les
beaux génies étaient bien à plaindre ;
d'abord l'inspiration les poussait, comme
aujourd'hui, à tout ce qu'il y a de grand
et de sublime : c'est la destinée du métier.
Mais si, malheureusement pour eux, les
plus éminentes de leurs conceptions man-
quaient d'utilité ou d'à-propos, le monde

ne pouvait plus garder son sérieux, et le
ridicule seul devenait ministre des plus
terribles vengeances. Grâce aux lumières et aux souscriptions, cette ère de
goguenarderie barbare est passée, et chacun maintenant trouve à placer sa gloire,
ses sermons et ses projets patriotiques.
Le ridicule enfin a disparu avec la féodalité, la dîme et les capucins; et aujourd'hui, en payant ses impôts, qui,
à la vérité, sont portés au quadruple; le
génie peut se développer à son aise. J'a-
voue que s'il se brouille avec la cour d'assises de son département, il sera par
suite gêné, molesté et condamné; mais
tant mieux, puisque cela prouve que le
siècle prend tout au sérieux. Je suis per-
suadé, au surplus, qu'après une lecture

attentive du présent chapitre, il n'est
homme impartial qui puisse encore dou-
ter de la mort complète du ridicule.

En effet, qu'est-ce que le gouvernement représentatif que nous appellerons
un jour mixte, parce que c'est son véritable nom? une sorte de combat livré
en présence de la multitude : besoin est
donc de frapper toujours fort, de gros-
sir les objets et d'être continuellement
en scène. De là, popularité et applaudissemens; mais en même temps s'anéantissent le goût, la grâce et la justesse
d'esprit. On ne peut enfin sentir que ce
qui est un degré plus fort que le naturel
et la vérité. D'autre part, la révolution,
qui a précédé parmi nous le gouverne-

7..

ment mixte, nous avait déjà rendus presque insensibles au ridicule, parce que le cœur, sans cesse déchiré, n'avait pas eu loisir pour s'occuper du défaut de mesure et de convenance; d'un autre côté, les femmes ne dominant plus à cette époque dans la société, la finesse de tact que nous tenons surtout d'elles, s'était entièrement perdue. Rappelez-vous cette secte de petits hommes qui se débattaient dernièrement entre la niaiserie, les systèmes et les brouillards : quels prodigieux efforts n'ont-ils pas faits pour remettre en honneur le ridicule? Écrits, paroles, physionomie, tournure, dans ce genre, ils avaient tout d'instinct. Eh bien! quoique, dès le maillot, ces pygmées eussent couvé le ridicule, ils n'ont pu le faire

éclore en France. Il a été étouffé sous
l'importance même des questions que
prétendait résoudre la débilité de l'espèce
doctrinaire.

Au moment même où j'écris, des écoliers commentent le Contrat social : des
banquiers, qui prêtent à 75 pour cent à
tous les gouvernemens, parlent patrio-
tisme et désintéressement, et, pour relever par une subite considération la
quotidienne usure de leur caisse, ne se
marient pas sans faire dans les gazettes
part entière aux pauvres. Les demoiselles
de nos théâtres inventent des romans
décens; les vieilles amoureuses de nos
coulisses dissertent in - octavo sur les
rigoureuses privations de la chasteté; les

agens de change commandent de l'éloquence, première qualité, contre tout
dépositaire infidèle ; des athées, qui per-
siflent le Christ en soirée, font imprimer
à gros frais des livres compactes sur la
morale chrétienne : des fabricans d'esprit
public, émérites de l'empire, prescrivent
tout haut le dévouement à la patrie, que
naguère ils ont vendue tout bas; d'anciennes supériorités républicaines ou im-
périales exploitant l'histoire, débitent
jusqu'à la troisième édition l'éloge des
vertus qu'ils connaissent à fond, mais
que, faute de temps, ils n'ont jamais pu
pratiquer dans le tourbillon des affaires ;
tel époux grisonnant foudroie l'adultère
du haut de la tribune, qui donne à sa
maîtresse carte d'entrée pour les places

réservées, afin de lui prouver combien
sur tout sujet il a la parole aisée et fleu-
rie, intrépide pour les mœurs ; Amphi-
bus, consumant en des jeux de hasard
chaque nuit de sa vie, réclame en présence du monde entier la fermeture des
repaires dont il est commensal obligé.
Tel autre, élu méticuleux, verse le mépris sur qui vend sa conscience politique,
et le lendemain est dénoncé officielle-
ment nouveau directeur-général. Nous
marchons tous déployant dans le monde
enseigne sans cesse contradictoire avec
notre âge, nos antécédens, notre manière
d'être ; bref, nos actions et nos doctrines
n'osent jamais se regarder en face. Il est
vrai qu'il perce dans notre allure un
manque d'habitude si complet, une mala-

dresse si comique, que si jamais le ridicule devait reverdir par une nouvelle restauration, l'heure en sonnerait aujour-
d'hui. Mais nous sommes tellement identi-
fiés avec le grotesque de notre existence
factice, que le naturel et le vrai nous blessent seuls; puis nous possédons au plus
haut degré le flegme de l'intérêt; nous
sentons que si l'un de nous riait, l'envie
en prendrait peut-être aux autres : et qui
sait si cela ne compromettrait pas sans
retour commerce et marchandises?

Il y a encore une autre raison pour que
le ridicule ne fleurisse pas parmi nous,
c'est qu'il est plus avantageux maintenant
de calomnier les hommes que de faire
rire à leurs dépens.

Je reconnais deux sortes de ridicule :
l'un tient à l'ignorance totale des manières du monde ou à un défaut complet
de grâces ; une longue habitude de la
société peut quelquefois vous en délivrer.
L'autre sorte de ridicule est inhérente à
la conformation particulière de l'esprit :
c'est un vice d'organisation qui dénature
la pensée comme des yeux louches la physionomie. Mais je m'aperçois que j'ai oublié de définir le ridicule. C'est toute
violation maladroite des convenances, ou
toute exagération de la vérité offrant un
côté comique à l'esprit.

COUP-D'ŒIL

SUR

LA CAPITALE.

COUP-D'OEIL

SUR

LA CAPITALE.

———◦◦◦———

Qui ne cherche à Paris qu'une ville ,
une capitale, se trompe ; c'est mieux : le
centre d'une civilisation étincelante d'esprit, et qui, sans cesse en action, invente,
détruit, recrée, et, jusque dans ses écarts,
surprend et captive l'attention. C'est donc

à Paris qu'il faut étudier l'homme social se dessinant sous les aspects les plus variés comme les plus nombreux. Aussi la connaissance de la grande ville est-elle d'un intérêt universel.

Paris, abîme sans fond : à sa surface glissent, pour s'engloutir tour à tour, fortune, gloire et génie : c'est-là que chaque jour apporte son néant, et que nulle impression ne se lève triomphante d'un lendemain ; enfin c'est-là que, faute de pouvoir vivre pour les autres, on ne vit que pour soi.

Aux soixante entrées de la ville se pressent, tous les matins, même en temps de paix, des troupes régulièrement

affamées *. A peine introduites dans la
ville, elles font foule au cercle des mi-
nistres, parlent toutes les langues et
appartiennent à toutes les familles. De
guerre lasse, les unes s'installent victo-
rieuses dans les palais dorés de Lutèce ;
les autres enlèvent d'assaut jusqu'au plus
humble réduit du plus chétif bureau.
Enfin nul parmi ces troupes dévorantes

---

* Les solliciteurs des provinces. Je ne compte pas parmi
eux les royalistes ; car lorsque la reconnaissance les appelle
aux emplois, elle ne leur restitue pas toujours l'intérêt de ce
qu'ils ont perdu pour défendre le monarchie. *Note de la
quatrième édition*, 1825. — Nous avons vu depuis, je
parle des premiers jours de la révolution de juillet, de nouvelles bandes de solliciteurs venir faire foule à Paris : ces misérables ont débordé dans nos murs si écumans de délations
qu'ils ont fait horreur à ceux même qui avaient besoin de
leurs services.

ne se retire que par capitulation et nanti de sa part dans cette sorte de curée nationale.

Le Parisien, au contraire, privé de tout appui, déshérité de tout rapport de famille, se perd dans l'immensité de sa ville, et s'humiliant devant l'habileté provinciale, ramasse les débris que, du haut de sa fortune, celle-ci laisse tomber quelquefois.

J'ai souvent parcouru dans la même journée les différens quartiers de la capitale; leur aspect est divers, mais au fond c'est toujours la même ville, puisque dans les faubourgs comme au centre, on trouve sans cesse, et à côté l'un de l'autre, le cabinet de lecture et le restaurateur, la salle de théâtre et la marchande de modes : l'église seule manque quelquefois.

Noblesse de caractère , sublimité du génie, antiquité de la naissance , honneur, probité, oripeaux de l'ancienne société , tous incapables désormais d'enfanter à Paris ni rang ni autorité. Le peuple aujourd'hui se compose du noble , émigré ruiné, du marchand en boutique , du savant qui médite, de l'ouvrier-manœuvre et de l'employé servile stipendié. Les véritables aristocraties ne surgissent que des millions en portefeuilles, ou des trésors en caisse ; la force sociale, c'est l'écu bien marqué. Aussi dans l'argent seul s'est réfugié l'esprit d'association. D'un bout de la ville à l'autre les capitaux se sentent, s'allient, et jusqu'aux mariages princiers, tout se négocie bourse tenante.

C'est à Paris qu'il faut venir, non pour voir les plus belles femmes, mais les plus spirituelles, aujourd'hui surtout qu'elles reçoivent une éducation parfaite. En effet, rompues aux habitudes et aux devoirs de leur sexe, les femmes sont en même temps initiées aux arts agréables et aux connaissances utiles. On les élève pour être brillantes dans la prospérité, et fermes et courageuses dans l'adversité; on les précautionne contre toutes les surprises du sort. Leurs grâces d'ailleurs couvrent si bien leurs talens, qu'ils ne percent que dans le laisser-aller d'une vieille intimité. Enfin, il faut les ravir à leur modestie pour les apprécier tout ce qu'elles valent.

Les communications intellectuelles sont si rapides, la circulation des idées est si instantanée, les trésors des sciences sont si populaires, qu'à force d'esprit, on se passe de cœur à Paris.

Depuis quarante-deux ans les Parisiens assistent à la révolution comme à un spectacle toujours nouveau. Dès l'origine, ils s'y sont passionnés uniquement de surprise; bientôt la représentation a eu ses dangers, mais fidèles à leur vieille curiosité, ils sont accourus comme la veille. Les

3..

bêtes féroces échappées du cirque les ont
dévorés de temps à autre, ils ont alors
serré les rangs; mais demeurant toujours
éternels spectateurs, bien persuadés enfin qu'on ne vit à Paris que pour voir.

Dans la capitale, tout se défend de la
pensée de l'avenir; et on ne court si vite
le matin après la fortune, que pour s'a-
muser plus long-temps le soir.

Il y a dans l'air, à Paris, quelque chose
de mortel pour la force. Aussi ce que l'on
perd de prime-abord, c'est le caractère :
la barrière franchie, il fond et se dissout.
Tout homme en se mêlant à nous cesse à
l'instant même d'être redoutable; il chan-
celle devant le plaisir, ou cède au besoin.

En province on vit dans les intérêts généraux de la société ; on s'agite pour eux ; à Paris, on ne vit qu'en soi ; et l'individualité s'étend si loin qu'on y demeure tout entier ; bref, dans la capitale, il n'y a pas de citoyens, mais des habitans.

Les femmes nées dans la capitale sont en général froides et peu passionnées. Élevées au milieu des hommes, elles en ont contracté quelque chose de franc et d'ouvert ; leur ton en est devenu prononcé. Mais il faut dire, à leur éloge, qu'elles savent se défendre de la familiarité, comme des fautes capitales, et que leur franche étourderie qui donne à travers tous les périls, garde en riant la vertu que la réserve

sifflée des prudes risque et perd au premier choc.

Paris, dans les siècles où pesaient le
plus durement toutes les servitudes du
moyen âge, n'a jamais été une ville féo-
dale. Les lois, les sciences et le commerce
étaient les vrais pouvoirs de la cité; on
comptait alors dans ses murs plus de
magistrats, d'écoliers et de marchands,
que de soldats. Ces derniers ne se mê-
laient à la population que pour venir lui
acheter les plaisirs alors à la mode. Les
rois de France eux-mêmes avaient leurs
grands ébattemens dans Paris.

Le système municipal d'une part et
l'influence judiciaire de l'autre se parta-

geaient le gouvernement de la capitale.
Les élus des citoyens étaient intrépides ;
ils avaient la conscience de leurs droits ;
les magistrats se montraient indépen-
dans; ils possédaient toutes les qualités
de leur position : une antique simplicité,
une érudition prodigieuse et des mœurs
où tout conspirait l'ordre. Ainsi s'est
étendue de génération en génération la
prépondérance de Paris : les devoirs, les
jouissances et les richesses en faisaient le
rendez-vous général des heureux du pays.

Louis XIV essaya de saper à sa base
cette puissance dont sa jeunesse avait eu
tant à souffrir : l'attaquant dans son luxe,
il transporta ailleurs sa cour, ses splen-
deurs et ses merveilles. Des millions

s'engloutirent dans cette éclatante entre-
prise; mais la force réelle de l'état se
perpétua dans la capitale : les grands
corps judiciaires, l'argent et la nationalité
étaient comme enracinés aux entrailles
du sol parisien.

Sous la régence, une révolution complète s'opéra, et la capitale fut surprise
de la multitude qui vint se presser dans
son enceinte. Le vertige du système
multiplia jusqu'à dix - huit cent mille
le nombre de ses habitans. Cette foule
s'écoula encore plus vite qu'elle n'était
accourue; mais la suprême fortune de
Paris était irrévocablement décidée. La
grande ville avait conquis la souveraineté
des idées, et l'Europe, prosternée à ses

pieds, la salua reine de la seule et véritable raison : c'était plus d'honneur qu'elle
n'en méritait ; mais enfin Paris s'éleva,
trône dominateur de l'opinion publique.

De la théorie la France se précipita
avec fougue dans la pratique : c'est ainsi
qu'elle procède ; mais elle faillit, et sa
chute fut si effroyable, que la civilisation
épouvantée courut aux armes. Il faut en
convenir, dès l'aurore de la révolution,
Paris éclata tout hideux, et par un concours de circonstances qu'on ne saurait
trop déplorer, il imposa au reste du pays
de si effroyables exemples, que dans
leurs propres excès s'éteignirent et les
nobles idées et les sentimens généreux.
Paris lui-même accueillit plus tard, d'un

accord unanime , un jeune et heureux conquérant : il lui apporta tout à la fois l'ordre , la gloire et le joug ; mais avec les années les exigeances du maître s'étendirent si rigoureuses et si impitoyables , que l'énergie nationale se fatigua à son tour. La restauration survint : elle répandit tant de sécurité, d'aisance et de liberté, que Paris, à force d'être bien, tourna comme un enfant gâté au tapage et au trouble.

Une grande faute fut commise* ; quelques hommes en profitèrent ; et pour passer marché plus avantageux avec l'élection ils frappèrent d'ostracisme la légitimité.

* Ordonnances de juillet.

Encore une fois, la vieille capitale des
Gaules a aventureusement lancé sa fortune ; mais dans la nouvelle route où elle
fait étape, elle n'a rencontré jusqu'ici
que l'émeute qui boit son sang, le conseil
de guerre qui de guet-apens flétrit son
honneur, et la cour d'assises qui sans pitié
le rive à la chaîne du bagne. Enfin depuis
sa dernière révolution Paris n'a traversé
tous les genres de désastres que pour engloutir ses restes dans les dévorantes tortures d'un mal* dont sa bouche n'avait pas
même encore appris à prononcer le nom.

Le provincial abordant à Paris, dans
la rue même, je le reconnais sur-le-

* Cholera-morbus.

champ. Il marche inquiet, car c'est pour lui nouveauté périlleuse que d'être précipité dans un mouvement qui ne s'arrête ni le jour ni la nuit. En effet, chez nous nul ne peut tenir en place; tous courent, se remuent, s'agitent, se touchent et se froissent sans même se reconnaître. La vie est si rapide ici, que le temps manque soit pour aimer, soit pour haïr. On goûte à tout, on ne savoure rien. On se cherche sans pouvoir se rencontrer; parlant sans cesse, on ne réfléchit jamais : on existe d'une seule traite, et pour mourir on ne s'assied pas toujours.

Les jeunes gens parmi nous raisonnent et calculent de bonne heure. Se préservant des passions profondes, ils font d'un

noble sentiment quelque chose de moins
qu'un plaisir ; ce n'est plus pour eux
qu'un vulgaire besoin obscurément satisfait. Toute la chaleur de leur âge s'attache
bouillonnante à la politique, aux arts et
aux sciences : en d'autres termes, ils re-
tournent la vie.

Chaque maison dans la capitale n'offrant que des individus , il en résulte
qu'au milieu du plus prodigieux mouvement règne l'isolement le plus complet :
on vieillit à côté de l'un et de l'autre sans
jamais s'apercevoir, et entre les portes du
même palier * s'élève un continent de

* Ceci ne s'applique pas au bas peuple , qui , en général ,
connaît encore les liaisons de voisinage.

distance. Mais, en retour, l'habitant de Paris, considéré sous cet aspect, est l'homme le plus libre et le plus indépendant. Dans sa retraite, où ne pénètre que celui qu'il invite, aucune inégalité ne l'atteint. Ne connaissant ni l'envie ni la crainte, il développe ses facultés en paix, et ne travaille que pour acquérir de l'argent que le plaisir lui dissipe. Mais d'un autre côté, échappant à toute l'influence de l'opinion publique, il s'impose peu de devoirs, et ignore toute règle d'une austère morale. L'habitant de la capitale, pour être peint au vrai, est une créature bonne et naturelle, s'abandonnant à des impressions douces et aimables, et qui, de jouissances en jouissances, glisse du berceau à la tombe.

Il y a dans les gens de bourse et d'affaires , qui ont fait fortune à Paris, une
dureté de cœur inexplicable. Pleins d'os-
tentation , ils dissipent des sommes immenses pour décorer, par une insolente
magnificence, l'hôtel où s'étale leur bas-
sesse parvenue de la veille; ils jettent l'or
à pleines mains pour recevoir en une
somptueuse soirée les altesses improvi-
sées de l'agiotage; ils s'épuisent en scan-
daleuses dépenses pour augmenter , par
de nouveaux raffinemens, la brutalité
de la débauche. Mais qu'un malheureux
se présente pour réclamer sa dette, à
l'instant ils inventent mille subtils détours; et, à défaut de l'escroquerie , des-
cendant à la prière, lui ravissent quelques dépouilles. Stoïquement insolens,

ils repoussent par un sang-froid de mépris et une froideur d'impertinence qui
déchirent et révoltent. On sent que c'est
une espèce à part l'humanité; que c'est
quelque chose de moins que la brute ordinaire. Enfin on trouve dans ces hommes
la fusion complète du porc, du paon et
du vautour.

Impossible désormais de vivre dans la capitale sans exercer emploi public, ou posséder travail lucratif. Nous sommes tous
cernés par nos dépenses et nos besoins;
notre liberté en est enveloppée. Dans les
idées seules s'est réfugiée parmi nous
l'indépendance : et c'est faute de pouvoir
être ailleurs que là elle se montre à Paris
toujours si étourdiment excessive.

Les théâtres à Paris faussent l'esprit des dernières classes ; les romans corrompent leurs mœurs ; les impôts les désolent dans leurs besoins ; les lois les déciment jusque dans leurs fautes les plus légéres : elles se consolent avec les journaux qui les endoctrinent et les vices qui les abrutissent.

Au cœur de la capitale, dix personnes vivent étouffées dans deux chambres : au faubourg Saint-Germain, les palais s'élèvent magnifiques et spacieux, mais le mouvement ne s'y sent plus ; c'est la solitude qui précède les ruines. Le Palais-Royal, dans sa lubrique enceinte, entasse l'un sur l'autre, tentations, plaisirs et regrets : c'est l'enfer de la joie.

A la Chaussée-d'Antin , les demeures se dessinent à l'œil , mesquines et resserrées; au dedans, l'éclatant coloris de la peinture le dispute à la richesse de l'or, et l'acajou , dans la somptueuse mobilité de ses formes, poursuit tous les regards. Le faubourg Saint-Honoré, mélange des hautes conditions, étale et tolère tous les genres de luxe réunis ; tandis que l'exclusif Marais s'éternise dans la roideur de ses mœurs provinciales. Tout auprès , le marchand de Saint-Denis *, marguillier renégat **, court haletant avec le siècle, escorté de son fougueux commis, nouvel

* Longue rue où se vendent la soie , les rubans et les étoffes.

** Le marchand de la rue Saint-Denis était autrefois très-pieux.

émancipé des ténèbres et de l'aune *.
Au loin, l'Ile-Saint-Louis répand la tristesse de ses rives désertes que la Seine
sépare de la fange où le hideux Saint-
Marceau ** cache ses innombrables laz-
zaroni. Autour de Sainte-Geneviève se
meut la tourbe étudiante que n'entend
pas même dans ses clameurs libérales
l'antique vertu immobile au haut du
quartier Saint-Jacques. Enfin, aux ex-
trémités de la ville, on sème, récolte,
bat en grange : les quatre saisons s'y
sentent.

L'attention est distraite à Paris par tant

---

* Les commis de la rue Saint-Denis portent des mousta-
ches et des éperons, et ne se servent que du mètre.

** Faubourg habité par des tanneurs et des chiffonniers.

d'objets, que rien n'est véritablement jugé. Seulement quelques hommes tranchent et décident pour la masse ; puis des sots et des bavards vont répétant partout leurs inflexibles arrêts ; et la huitaine écoulée cela fait autorité. Aussi, les provinciaux tombent-ils stupéfaits de surprise quand ils approchent les réputations parisiennes. Qu'ils sachent donc qu'il y a tant d'échos dans la capitale, qu'en fait de gloire, tout s'acquiert par le bruit.

Dans la capitale on ne compte plus de famille, mais des individus portant le même nom. A peine sortis de l'adolescence, les jeunes gens désertent la maison paternelle et s'acclimatent au centre de leurs travaux. Passés comme en pays étranger, ils ne débarquent plus en famille que dans les grandes circonstances : un jour de mariage, d'enterrement ou d'ouverture de succession ; enfin, quand la parenté rapporte.

Dans un lieu magnifique s'élève un palais splendide où éclatent à chaque instant des révolutions complètes : la Bourse. La roue tournant sans cesse entraîne une foule de misérables cramponnés à ses rayons. Ceux qui sont en haut tombent et roulent écrasés, tandis que ceux qui étaient en bas sont soulevés tout étourdis. Ces révolutions sont, au reste, sans aucun effet moral, car la Bourse forme une population à part, pour laquelle il n'y a ni rangs, ni conditions, ni foi, ni conscience. C'est le bagne des finances, où un homme de bien peut être jeté par hasard, mais dans lequel on n'est reconnu véritable commensal qu'après vieille possession d'infamie.

Tous les hommes qui ont d'antiques traditions de gloire, de naissance, de fortune ou de haute société désertent en foule, depuis deux ans, le séjour jadis si recherché de Lutèce. Possesseurs d'immenses revenus, ils aiment mieux sécher d'ennui dans leurs châteaux que d'être flétris par l'insolente familiarité d'officiers d'élection*. Sans aucun em-

* Garde nationale.

ploi, ces exilés volontaires commandent dans leurs provinces par la seule
séduction des souvenirs, et échappent
ainsi à cette oppression de corps de
garde dont la liberté nouvelle poursuit désormais tous les citoyens de la
capitale.

On ne voit plus dans Paris que crieurs
bariolés des plus bizarres couleurs; jusque
dans son regard ils attaquent et provo-
quent l'acheteur qui s'arrête sans porter
la main à sa poche. D'un autre côté, on
ne peut faire un pas sans rencontrer des
ruines qui effraient par leur nouveauté:
c'est une lutte sans fin qui dénonce,
chaque jour, l'effort de notre impuissance

Les classes intermédiaires à Paris ne peuvent devenir riches qu'à l'aide du luxe qui se concentre dans la ville. Il faut à ses habitans une cour, ou du moins à son défaut des gens splendides et magnifiques. Revêtus de titres imposans ou de hautes places, ils sèment les distances à l'infini. C'est avec ce monde à part que les classes intermédiaires font bientôt fortune ; elles deviennent alors plus à plaindre que jamais. Elles passent des jouissances des recettes, aux tortures des salons. Comme les droits politiques ne leur suffisent pas, elles se glissent parmi les classes les plus élevées, et elles les touchent du coude sans pouvoir réussir à se mêler à elles. Dans leur désespoir elles évoquent l'égalité et appellent à leur

secours jusqu'au petit peuple. Industriels,
gens de lettres et d'affaires, journalistes
et avocats entrent dans la ligue où quelques renégats de noblesse apportent le
poids de leur nom. Ainsi provoquées, les
dernières classes s'insurgent ; mais elles
répudient vite leurs premiers chefs ; elles
n'en ont plus besoin. Dépravées par des
sophistes, commandées par des brigands,
elles enveloppent dans une commune
proscription la société toute entière. Tel
est le spectacle auquel nous avons déjà
assisté une fois ; on en médite une nouvelle représentation ; et les classes intermédiaires de Paris, naguère décimées,
apportent dans ce moment la hache,
aiguisent le fer et montent l'échafaud :
en moins de quarante - deux ans, il

leur faut l'expiation d'une double expérience.

Depuis plusieurs siècles, les dernières classes de la capitale succombent à une frénésie d'agitation qui les saisit à l'improviste. Qu'un tumulte éclate, elles en grossissent le nombre; qu'une sédition s'avance, elles se précipitent en tête de ses périls et sans aucun espoir de salaire, lui lancent tout leur avenir. Heureuses si avant d'expirer, elles palpent en quelques minutes tout ce que la vie renferme de plus douloureusement dramatique.

On ne connaît pas ici l'amitié, mais on se répand dans de nombreuses liaisons qu'on forme ou qu'on rompt suivant qu'on arrive à une nouvelle position sociale. Après un demi-siècle de rapports, on ignore de part et d'autre sa demeure; et tenter entre intimes la demande d'un léger emprunt, c'est risquer le déshonneur d'une rupture faite en face.

A la pointe de l'épée, Paris dispute son entrepôt : il l'obtiendra. Perdant en retour sa vieille physionomie, la ville des plaisirs intellectuels tombera bientôt déchue; vaste bazar de commerce et de fabrique : on y pesera par sa richesse ; on n'y sera plus notable par son esprit.

Paris, au moment où en 1789 il jetait au monde l'amorce de ses séduisantes ré-

formes, Paris était alors un centre unique de plaisirs, d'affaires, de littérature et
de systèmes. Les riches lui apportaient
leurs revenus, les gens d'esprit leurs bons
mots, les spéculateurs leurs promesses, les
écrivains leurs chefs-d'œuvre et les réfor-
mateurs leurs plans. La haute société qui
à cette époque, donnait l'impulsion à tout,
venait rehausser cet étonnant mélange de
son ton si parfait et de ses manières si accomplies. A la suite des plus étranges vissi-
cidudes, Paris en 1832 est comme voilé
dans ses plaisirs, anéanti dans ses ressources et paralysé dans ses saillies : je n'aperçois que des industriels qui se pressent pour
produire, des marchands qui se ruinent
pour vendre, et des ouvriers qui s'insurgent parce qu'ils espèrent de l'émeute

le morceau de pain, que refuse la commande.

A partir de 1815, les marchands en
détail de Paris ont rencontré l'occasion
de si prodigieuses fortunes, qu'ils absor-
bent dans leurs mains, tant à la ville
que dans ses environs, les hôtels et les
châteaux où ont vécu les Montmorenci.
Ils font remettre à neuf ces gothiques et
glorieuses demeures; et ils y vieillissent
tour à tour magnifiques, sordides et ri-
dicules.

La capitale, si remarquable par son
industrie, exerce un monopole auquel
est due sérieuse attention. Elle a la four-
niture exclusive des doctrines et des opi-

nions du pays, et c'est prodigieux ce qu'elle manufacture dans ce genre. Maintenant, ce qu'il faut révéler à la province, c'est que les doctrines et les opinions qui la remontent toutes les vingt-quatre heures, sont triturées par des *forts* qui ne s'en soucient guère. Un homme a-t-il des fonds, il les place dans l'esprit public, c'est-à-dire qu'il entreprend journaux et livres. Aussitôt les faiseurs de s'enquérir du taux, et de lui fournir argent sur table de l'impiété ou de la religion, du libéralisme ou du despotisme ; cela tient au prix. Maintenant que, pour la première fois, la vérité est risquée, Français de la province, rompez le joug intellectuel qui vous est infligé ; soyez attentifs ; jugez vous-mêmes. Sachez, pour achever votre instruction, que depuis les rumeurs laudatives des salons parisiens, jusqu'à l'unanimité des éloges imprimés, tout est faux et imposteur. Pour moi, je ferais volontiers grâce à ces petites renommées qu'on achète à la semaine. Mais je ne puis m'en taire; ce qui m'indigne, c'est de voir le talent véritable comprimé de tous côtés. A peine apparaît-il, qu'une ligne menaçante s'élève entre le public et lui; il veut traverser, on lui dit : nous sommes douaniers littéraires; livrez-nous * en péage

---

* Tout le monde sait que, pour faire représenter une pièce, il faut donner la moitié ou les deux tiers des droits d'auteur à un faiseur en pied qui change seulement quelques mots et invente un titre à la mode.

le prix de vos premières inspirations,
et vous passerez. Un caractère généreux,
un esprit éclairé, vous poussent à saisir
la direction de la société; mais où est
votre protecteur? Seul, on ne fait pas route
dans la capitale, on tombe au premier
pas; c'est là que le compérage, la ruse et
la manœuvre escroquent tous les succès;
c'est là qu'au poids de leurs vices tous
les individus sont exclusivement estimés :
on dit dans telle circonstance, j'ai besoin,
pour réussir, d'une infamie de création
nouvelle; voilà mon homme, et sur-le-
champ l'association est formée. Modeste
dans vos vœux, vous désirez cacher votre
vie dans l'obscurité d'un modique emploi; impossible. Partout, dans cette carrière, le commandement est dévolu à la

médiocrité envieuse et tracassière; aussi ne tend-elle la main qu'à la stupidité: c'est le fard qui la relève.

Hommes de talent et de conscience, cloyez-moi, n'approchez pas de la capitale. La France vous offre assez de retraites pour achever dans de longues études l'accomplissement de votre génie, et pour nourrir dans de sublimes méditations l'élévation de votre vertu. Mais vous êtes subjugués; il faut que vous veniez prendre place au plus brillant théâtre. Écoutez; imaginez à l'avance que tous les genres de privations vous serrent et vous assiégent, tandis que si vous voulez forfaire à votre destinée, toutes les délices vous attendent. Votre choix est fait; pénétrez dans la ville, surtout ne laissez rien entrer dans votre cœur; faites plus, éloignez-le de tout contact; dès qu'il est touché parmi nous, le cœur est flétri. Gardez, gardez aussi cette sainte conviction de la vertu, royauté du génie : puis, laissez s'écouler devant vous les réputations éphémères, les succès honteux et les triomphes imbéciles. Votre tour arrivera, et pour avoir été long-temps attendue, la gloire qui honore, la gloire justement acquise vous décernera d'impérissables récompenses; si le jour présent vous est refusé, sortez-en, et voyez l'avenir s'élever pour vous chargé d'une éclatante justice. Il est des époques où le génie et la conscience déchus de leur légitime domination, traversent, inconnus,

la société. Mais le siècle qui suit, en en-
trant au monde, paie d'abord tous les
arriérés de la gloire, et cette dette acquit-
tée, il prend ensuite sa place dans la
mémoire des hommes.

Esprit rétrograde, je recule de quelques
années dans le siècle, et contemporain
exact, je fais route de nouveau dans Paris,
mais dans Paris de 1828. Que de figures
s'épanouissent gaies, libres et heureuses !
que d'équipages s'élancent riches, nombreux et splendides ! où se rend cette foule
si riante, si vive et si parée ! tout est joie,
plaisir, enivrement et spectacles ; il n'y a
plus dans la capitale ni détresse ni hail-
lons tendant la main : c'est une ville nouvelle ; c'est une ville à part. Tout à coup

surgit une révolution* : les dernières classes combattent et triomphent ; mais où
naguère elles se multipliaient bruyantes
et tumultueuses, on cherche leur présence ; on sent à peine leur mouvement.
Au centre du commerce le luxe est ré-
formé, et les spéculateurs désappointés
déposent leurs bilans. Une masse de population, comme inféodée par ses besoins
au sol de Paris, lui reste encore ; mais
chaque jour elle disparaît, desséchée par
l'inanition. Les heureux qui échappent à
ce sort quotidien sont saisis dans leurs
meubles par le collecteur, ou vendus dans
leurs dépouilles par le Châtelet. Quelques hommes, heureux privilégiés de

* Journées de juillet,

l'industrie, arrachent de haute lutte des
travaux qui leur sont à moitié payés ;
aux labeurs du jour, ils ajoutent les fati-
gues de la nuit. Mais leur énergique ac-
tivité les fait faillir, soldats-citoyens, à
un jour d'appel ; on les traque comme des
bêtes fauves : leur capture est mise à
prix*. Le tambour bat la charge sur tous
les points de Paris ; aussitôt notre vie
toute entière appartient aux combats des
rues. Après avoir élevé des barricades hier,
nous sommes condamnés à en détruire

---

* On donne une prime à tout garde municipal qui peut
empoigner un garde national qui a manqué à son service.
Cette récompense honnête tourne singulièrement au profit de
la liberté individuelle. Le fils d'un personnage très connu
dans les annales de la police est à la tête de ce genre d'en-
couragement si nouveau parmi nous.

aujourd'hui, et nous disparaissons sans gloire sous les balles d'insurrections populaires qui, par leur imperceptibilité même, s'engloutiront sans date dans le passé.

DE LA MESURE.

DE LA MESURE.

Qu'est-ce que la mesure? En toutes choses le point précis où de prime-abord il faut toucher et demeurer.

La mesure parmi nous déclare ce qu'un homme est né, et exprime aussitôt tout ce qu'il possède de véritable éducation. Par elle, aux premiers mots, on gagne ou perd son rang.

De bonne heure j'ai été jeté au milieu
des hommes; eh bien ! ce que j'ai acquis
le plus difficilement, c'est la mesure.
Elle se modifie si souvent, et s'applique
à tant d'objets à la fois, que, par sa té-
nuité même, elle n'est pas perceptible
pour l'intérêt ou la passion, qui s'élancent
droit au but. Comme au jeu, celui-là
juge bien qui regarde avec d'autant plus
de calme, qu'en passant, les coups ne
sont ni pour ni contre lui.

Les gens sans mesure gâtent tout, jusqu'au bonheur qu'ils donnent.

Quelques affaires s'emportent de violence et de brusquerie : c'est le succès de
la masse, tous peuvent l'obtenir. Mais,

règle générale : l'habileté prépare les affaires, la patience les développe, et la
mesure les complète. Cachet du temps,
la mesure imprime pour les siècles.

Quand la force domine, on remplace la
mesure par l'audace : ce que l'une gagne
pour toujours, l'autre l'arrache pour un
temps.

En France, les femmes ont été appelées dans la société uniquement pour y
régner; mais plus leur empire fut étendu,
plus il fallut d'habileté pour le conserver. Les femmes comprirent donc que,
placées entre tant de droits et de prétentions, il fallait d'abord les ranger et les
classer. Par la mesure, elles obtinrent

ce résultat. Saisissant l'à-propos du moment, elles se firent si pleines de justesse et d'amabilité, elles entendirent si
bien l'art de toujours faire valoir, qu'auprès d'elles tout énorgueillit jusqu'à la
dernière place.

Dans le malheur, par la mesure, on
conserve sa défense sans perdre sa digni-
gnité.

Une révolution gagne et s'étend.
Hommes, doctrines, richesses et gran-
deurs, tout est dévoré : c'est une con-
flagration universelle. Que sortira-t-il
de tant de ruines et de cendres? Un
homme apparaît qui possède ensemble
la fermeté et la mesure. Par la première,

il impose l'obéissance ; par la seconde ;
il opère la réunion, et l'ordre renaît.
Vérité absolue : toute institution sociale
reçoit sa durée de la fermeté qui réprime
et de la mesure qui concilie.

Les provinciaux, soit qu'ils narrent,
plaisantent ou raisonnent, sont aussitôt
reconnus pour n'être pas de la ville.
Leurs contes sont trop longs, leurs plai-
santeries trop grosses, et leur gravité
trop roide. Au fond, ils nous surpassent
souvent ; mais faute de mesure, ils ne
savent rien mettre en œuvre : ils portent
mal leur esprit.

J'ai vécu au milieu des assemblées dé-
libérantes, et, ce que l'on ne veut pas

croire, c'est que là où fermentent tant
d'intérêts, où bouillonnent tant de passions, on ne réussit que plein de mesure.
L'attention est si présente et l'émotion
si vive, qu'avant même d'être sortie tout
entière, chaque parole enfante les accla-
mations qui l'accueillent ou les murmu-
res qui la repoussent. Il faut qu'on le
sache : parmi les hommes réunis, le courage, l'esprit et l'éloquence ne remuent
que tombant juste à leur place.

Il y a une grande différence entre les
convenances et la mesure. Des premières,
il en est quelques-unes qu'on peut igno-
rer et dont l'esprit sait toujours tenir
lieu. Mais, sous peine de blesser sans
cesse, il faut que la mesure participe à

tout : c'est la condition essentielle de la sociabilité. L'absence de mesure est plus qu'un vice : c'est une organisation défec- tueuse, qui, repoussant amis et ennemis, ternit le mérite et délustre jusqu'à la vertu même.

DES

CONSPIRATIONS.

DES CONSPIRATIONS.

En Europe, chez les nations modernes, les masses qui souffrent se révoltent ; les classes qui depuis long-temps nagent dans tous les genres d'abondance, conspirent. Les premières sont emportées par le besoin ; les secondes cèdent à la séduction de leurs idées. Par un simple acte de justice, de prévoyance ou de bonté, on ramène sur-le-champ les masses, tandis que ce n'est que par l'emploi

11..

continuel et toujours bien entendu de toutes ses ressources, que le pouvoir déjoue
les conspirations à l'aide desquelles les
heureux de son temps veulent lui ravir ce
qu'il ne peut leur accorder.

Nulle parité entre frapper des conspi-
rateurs et étouffer des conspirations. Les
supplices anéantissent les uns ; des institutions où dans nos temps modernes entrent plus de liberté que jadis ; des mœurs
qu'encourage le pouvoir parce qu'elles
sont pures ; des habitudes tout à-la-fois
grandes et religieuses ; une vaste intelligence, qui sait faire la part de ce qu'il
y a de possible dans les idées régnantes,
et une justice généreuse pour le dévôu-
ment qui se précipite au devant des

périls : telles sont les causes qui dessè-
chent les conspirations à leur source.
Ainsi, plus de nos jours le pouvoir est
faible, c'est-à-dire dépourvu de discernement, plus se multiplie le nombre des
conspirations.

Une conspiration faite sur la place
publique, change ou modifie seulement
la nature du pouvoir ; une conspiration
de Palais tue sans pitié, parce que celui
qui vient d'être mis en possession ne
paie que sur le vu du cadavre.

On doit toujours fermer les yeux sur
la première conspiration qui tente d'a-
battre tout pouvoir définitivement établi ; quant à la seconde, au lieu de le

faire plaindre , elle l'accuse : elle est plus que sa faute , elle est son crime. A la suite d'un changement politique, certaine fièvre d'irritation, que je regarde comme inévitable, est-elle calmée, le pouvoir est responsable non seulement de ce qu'il n'empêche pas, mais surtout de ce qu'il fait naître.

La joie du despote est vive , mais elle est courte. Au fond de sa retraite, il sourit pour la première fois : enfin le repos lui est assuré. De quelles jouissances ne va-t-il pas se repaître ? Le jour, il formera des désirs ; la nuit, il les satisfera ; les légions de bourreaux qu'il a organisées veilleront autour de lui : le tyran se trompe. Les troupes du meurtre, ré-

duites pour la première fois à l'inaction,
se comptent et conspirent. Et ce maître
si redoutable tombe souvent égorgé dans
le premier épanouissement de plaisir
qu'il ait encore goûté ; il n'y a plus que
son sang pour enrichir tout à fait : il faut
qu'il coule.

De fréquentes conspirations éclatent
contre tout pouvoir dont la naissance
sort inopinément triomphante d'un principe * que repoussent les traditions géné-
rales de l'ordre. Comme ces conspirations luttent surtout au profit de certaines
idées, elles s'épanchent dans leurs paroles ; elles s'aventurent dans leurs liaisons

* Système électif ; souveraineté du peuple.

et se trahissent en outre dans les livres et les journaux qu'elles inventent : pour les prendre sur le fait , il ne faut qu'écouter ou lire. Le pouvoir le sait ; il en profite. D'un autre côté, les conspirations qu'inspirent les anciens principes s'éclairent par leurs défaites : alors pour l'emporter plus sûrement, elles rallient le désespoir tenace de leurs vieux souvenirs au désappointement furieux des nouvelles espérances. Sans doute de prodigieuses ressources restent encore au pouvoir ; mais dans ce genre de combat, il a toujours de grands risques à courir : création d'un moment, sera-t-il assez fort pour résister à la puissance des siècles passés qui se coalise avec l'impétuosité de l'âge actuel ?

Deux maladies incurables et entièrement opposées causent la chute du pouvoir : l'absolutisme sans bornes et le
commandement divisé à l'infini. Dans le
premier cas, le pouvoir ne peut com-
prendre ; dans le second , il ne peut
agir. Alors, pour le renverser, on n'a
qu'à risquer les frais d'une première
conspiration : la seconde serait de pur
superflu.

Si Dieu me fait jamais prince, je sou-
haite bien que ce ne soit pas dans un
État tout à fait despotique. Ne fût-ce que
par compensation des maux que j'aurais
à infliger aux masses, je me piquerais
de rendre tout à fait contens ceux qui
m'entoureraient : je leur distribuerais

la plus grande partie de mes trésors. Qu'en arriverait-il ? Un beau matin, peut-être, ils tueraient le trésorier : préférant faire eux-mêmes le partage, à le recevoir.

Quel est le pays de l'Europe civilisée où le prince depuis long-temps semble être le mieux gardé ? La Russie. Quel est celui où les conspirations sont le plus nombreuses? La Russie. A peine si dans le siècle dernier les murs du palais impérial avaient le temps de sécher : favoris, femmes, soldats d'élite, tous ont versé ce sang dont chaque goutte est sacrée. Maintenant je récapitule : en France, en Angleterre, on ne compte depuis deux siècles que deux régicides ; encore, loin d'être

l'expression de la volonté universelle,
n'ont-ils constaté que l'exclusion de son
vote. En général, le prince n'est assas-
siné que dans les États despotiques,
parce qu'il lui est comme impossible
d'enrichir les privilégiés et les favoris dont
il a besoin ; ils vendent donc sa mort à
son successeur. Dans les pays au contraire où la liberté a sa place assignée
à côté du pouvoir, les masses, quand
elles le peuvent, bravent tous les périls
pour défendre leur prince : parce qu'elles
l'aiment.

J'ai pris date d'une époque (1822) où l'on
tenait que conspirer contre un roi, c'était
œuvre vulgaire ; alors on visait plus haut :
c'était à détruire le pouvoir dans toutes les

mains où il était renfermé. Mais en Europe, le mouvement est si rapide qu'on touche vite d'un extrême à l'autre; et aujourd'hui le pouvoir cherche partout à prendre sa revanche. Je l'aime trop, surtout en France*, pour qu'il ne me permette pas de lui exprimer mes craintes: qu'il prenne garde de franchir les limites où désormais il doit se tenir. Je considère la liberté et le pouvoir comme se mouvant sur une même plage bordée d'écueils : un faux pas, et il y a chute dans un abîme sans fond.

Malheur au prince qui hérite d'un pouvoir à demi-démocratique, ou presque

* 1327.

absolu : ce n'est porter la couronne qu'en présence des poignards. Le prince doit alors être plus grand que son peuple, et refaire le pouvoir de manière qu'après avoir duré pour lui, il étouffe les conspirations dans l'avenir : c'est ce que j'appelle régner pour tout une race.

Quelle contradiction ! le pouvoir en Europe conspirerait à outrance contre la liberté du peuple ! Je ne calcule pas le nombre, mais l'influence : eh bien ! depuis quelques années l'Angleterre a voulu que d'immenses contrées fussent libres* : elles sont devenues telles. La France a été plus loin ; le pouvoir chez elle a dit : que

* Républiques du Sud en Amérique.

la liberté soit, non pour le peuple d'une couleur, mais pour le peuple de toutes les couleurs; et les noirs d'Haïti, moyennant un réglement définitif de compte, pèsent dans la balance où la civilisation renferme désormais le pouvoir et la liberté. Constantinople s'est émue, et la terreur qui seule dans ses murs peut concevoir, commencer et terminer, a proclamé une ère nouvelle. Hors un seul point, le pouvoir absolu n'a plus force : qu'au lieu d'envahir, il se borne à conserver pour mieux régler ensuite ce qu'il donnera.

Il y a une conspiration sans cesse flagrante, et qu'il est impossible de détruire : celle que renferme en lui le pouvoir incapable d'enfanter le bonheur gé-

néral. Ce genre de pouvoir est si funeste,
que, comme le poison, il emporte toujours ceux qui en sont infectés. La crise
est plus ou moins longue ; c'est affaire de
tempérament : mais tous meurent tués
par le même mal.

Aux deux signes suivans : état caduc.

Le premier, si, réalisant une conspiration les armes à la main, on s'empare
des villes avec égard, on destitue avec pré-
venance, on emprisonne avec politesse ;
enfin, si on renverse le pouvoir sans
même laisser percer l'émotion du succès.

Le second : si toute société poussée
confusément aux armes, il y a impossi-

bilité de satisfaire l'ambition des classes
intermédiaires des camps; de sorte que les
conspirations ne soient plus pour elles
qu'une sorte de haute-paie habituelle.

Quel profond silence dans les annales
de l'empire romain ! Qu'est devenue la
population du monde entier? C'est en
vain qu'on la cherche : au milieu de tant
d'hommes qui vivent, on n'entend pas
même s'exhaler de temps à autre les
soupirs de ceux que le prince fait tor-
turer. Quelle joie de commander à une
obéissance devenue aussi muette ! Mais
dans un coin de Rome campent quelques
soldats *, milice choyée du despotisme.

* Les Prétoriens.

Aussitôt surgissent de leurs tentes des conspirations toujours prospères; plus tard, à Constantinople, d'où partent de suprêmes arrêts de mort? des ortes de Janissaires. Terrible condition ! Il n'y a pas de pouvoir absolu sans privilégiés; et ceux-ci égorgent sans cesse pour faire finir plus vite des princes dont le meurtre leur assure, de plus en plus, d'immenses droits de succession. Depuis le dernier sujet jusqu'à l'empereur, le sang de tous se vend : il n'y a de différence que dans le prix.

DE

L'IMAGINATION.

DE L'IMAGINATION.

L'HOMME ne fait-il qu'exercer ses sens,
il souffre plus qu'il ne jouit : il est sauvage.

L'homme arrive-t-il à l'état de civilisation, calcule et raisonne. Sur le même
point, il prononce tour à tour arrêt contradictoire ; et il n'a pas tort, parce qu'il
ne peut se perfectionner qu'en changeant
avec la mobilité de ses intérêts.

Mais à côté de ceux-ci s'élève l'imagination : plus forte que le présent, elle
plonge dans l'infini le peuple et le passionne ; et fécondant à son gré des mon-
des nouveaux, elle prouve à tous sa di-
vine origine : elle crée. Aussi, chez tous
les peuples, les premiers législateurs
ont-ils été des poètes.

La raison, en la prenant dans ce
qu'elle a de plus élevé, n'est que la connaissance exacte de telle ou telle époque :
l'imagination est la puissance de tous les
siècles.

Sans doute l'abondance de la pensée,
la force de la méditation, l'exactitude des
faits, sont des qualités supérieures. Ce-

pendant, il n'y a que l'imagination pour
incruster dans les âges non seulement la
physionomie d'un écrivain, mais encore
celle d'un peuple.

Avant que l'imagination ne produise,
elle fait beaucoup souffrir. D'une part,
elle jette dans un épuisement inexpri-
mable, tandis que de l'autre elle pousse
vers un but qui semble reculer sans
cesse; mais ce but touché, vous devenez
alors plus qu'un homme : vous entraînez
tous les hommes.

On est heureux en famille si au lieu
de passions fougueuses on ne vit que
pour accomplir des devoirs réguliers. On
fait fortune dans les affaires lorsqu'on dé-

serte le sentiment pour l'habileté. Mais
s'occupe-t-on du bonheur des masses, il
faut être doué d'une imagination aven-
tureuse; à ce seul titre, on est utile, en
prenant sa place dans les martyrologes.

Dans les rapports de l'amour, les hommes à peine heureux aspirent au changement : les femmes, au contraire, quand
elles aiment, ne peuvent sortir d'une seule
passion : elles s'y éternisent, parce que
leur imagination en embellit chaque détail.

Les gens d'affaires sont secs et sots ;
ils ne savent, comme les financiers, que
tondre et pressurer. Quand ces sortes de
gens se donnent la main dans un pays,
tout genre d'imagination est perdu; il

n'y a plus de grandeur possible. Avec leur aide, les princes taxent la pensée, vendent l'air, pèsent et mesurent tout. Serf des impôts, le père de famille paie; mais le citoyen disparaît; il y a un royaume, il n'y a plus d'état *.

Chaque peuple commence par marcher au mouvement de son imagination : il s'élève. La politique qui conseille à-propos, la force qui sait prendre ses avantages, l'attendent plus tard. Il jouit des revenus de la gloire, il en tombe dans l'épuisement; alors les législateurs font ap-

* Je ne parle ici que des gouvernemens où le pouvoir n'est pas soumis aux formes représentatives; ces gouvernemens penchent vers leur ruine quand les gens d'affaires et les financiers y exercent l'influence principale.

pel à son imagination. Les peuples ressemblent aux hommes qui, à certain âge, ne
recouvrent quelques restes de jeunesse
qu'en se retrempant à l'air natal ; pour
bien dire, c'est dans le berceau qu'il se
refond.

L'imagination, dans les arts, n'exclut
pas la vérité, seulement elle l'agrandit.

Les gens du petit peuple parlent abon-
damment ; ce n'est pas parce qu'ils savent,
mais c'est parce qu'ils sentent beaucoup :
il y a dans leurs discours plus d'imagination que de raison. C'est ce qui fait
qu'entr'eux ils ne s'ennuient jamais.

On a vu quelques hommes avoir des

penchans vicieux et bas, et en même
temps être doués d'une imagination noble
et élevée. Au feu de la composition changeant de nature, ils grandissent et se pu-
rifient. Accourez vite, la verve coule ;
mais déjà il est trop tard. Rentrés dans
leur individualité, ils rampent au-dessous du vulgaire. Tel a été notre illustre
J.-J. Rousseau, si puissant par son imagination, si petit par sa vie privée.

L'orateur qui s'adresse au public met
du sentiment jusque dans ses preuves ;
ses paroles ne triomphent qu'imprégnées
d'imagination ; l'écrivain procède autrement : il expose, il argumente. On dort
quelquefois avec les plus excellens auteurs ; on est toujours ému avec les ora-

teurs : l'imagination rachète jusqu'à leur médiocrité.

Quoi de plus sot qu'un homme qui n'a plus rien à demander à sa maîtresse! a-t-il de l'esprit, il a honte de son rôle, mais il n'y saurait que faire : l'imagination d'une femme s'enflamme au contraire de tout ce qu'elle a cédé, et anime par les jouissances du passé chaque heure du présent.

Il n'y a que des livres d'imagination qui ne doivent pas vieillir, parce qu'ils révèlent en grand ce que chacun de nous éprouve en détail.

A cette règle une exception. Quand

un peuple se régénère dans ses institutions politiques, il en oublie tous les plaisirs , ceux de l'imagination littéraire
compris : le matériel triomphe. Dans les
embarras du ménage , nous oublions
quelquefois la bibliothèque.

Aucune révolution ne remue profondément les masses sans que les femmes
n'y prennent part. Tour à tour tendres,
persuasives, violentes et mobiles, elles
ont fécondé à leur naissance les religions,
les lois et les littératures. Ce que leurs
charmes n'ont pu obtenir, leur imagina-
l'a enlevé.

De tous les arts, le plus populaire est
l'art dramatique, parce qu'il se compose

de la raison qui observe et de l'imagination qui invente.

Tout ce qu'il y a de durable au monde
jaillit de l'imagination : c'est de cette
source commune que part le sentiment
qui attache à une femme plutôt qu'à
une autre; chez les peuples modernes,
les Français exceptés, le mariage est
l'œuvre principale de l'imagination. De
là découlent les affections, les plaisirs,
les devoirs; je me reprends, la civilisation entière.

L'imagination ne se mêle pas qu'aux
sentimens du cœur; elle exerce son empire sur les productions de la pensée.
Chez les peuples du midi, elle se noie

dans une déplorable abondance de mots.
Au nord, il y a plus de diversité dans la
pensée, mais en retour règne une sorte
de monotonie dans les couleurs. Il n'y a
véritablement de variété qu'en France,
parce qu'on ne produit de l'effet qu'en
étant nouveau; il faut donc inventer pour
réussir.

Le peuple romain a imité avec succès,
mais n'a rien créé : énergique pour l'attaque, il a été pusillanime pour la défense. C'est au contraire dans la défense de son territoire que l'Espagnol a
excellé à toutes les époques. Il a su attendre l'épuisement des légions, repousser
jour par jour le Maure, et a vu reculer
devant lui l'impétuosité française. Ainsi,

il a échappé aux peuples les plus braves
du monde, parce qu'il est doué de cette
imagination qui ne s'abat un jour que
pour mieux se relever le lendemain ; en
définitive, l'Espagnol fatigue de sa constance l'opiniâtreté du malheur : il reste
le dernier.

Certaines femmes ont une puissance
inépuisable d'imagination pour étendre
le charme de leur habillement : elles glissent partout de légers intervalles, où
l'œil se perd et où se multiplie le désir.
Ces femmes, on les aime plus long-temps
que d'autres; maïs j'en connais qu'en dépit de l'âge on ne cesse d'adorer : elles
ont dans l'esprit et dans le cœur une
telle surabondance d'imagination, qu'el-

les lient jusqu'au dernier soupir de leur
existence.

Je compte deux sortes d'imagination littéraire : l'une de sa fécondité même appau-
vrit, dégrade et souille l'art ; l'autre augmente ses effets par la seule puissance de
son style. La première est le gagne-pain de
la populace qui écrit ; la seconde est la
bonne fortune des privilégiés du génie. Si,
parmi les modernes, La Fontaine est ini-
mitable, c'est qu'il a possédé le style dans
toute la variété de ses richesses. Pour être
hors de ligne, il faut, selon moi, réunir
au plus haut degré l'imagination qui invente et le style qui pare. Ainsi, sans être
le plus parfait de nos écrivains, Voltaire
en est resté le plus étonnant.

L'imagination des femmes se passionne
jusque dans le repentir ; c'est ce qui fait
que lorsqu'on les aime véritablement, on
tremble de les précipiter dans certaines
fautes : on leur sacrifie alors le plaisir
qu'elles promettent.

Dans les ouvrages d'imagination , les
femmes révèlent mille petits détails qui
amusent un instant ; avec elles l'accessoire
étouffe le principal. Les hommes, au
contraire, courent à l'ensemble ; ils peignent les passions et les sentimens du
cœur, les femmes ses faiblesses et ses caprices ; on parcourt les livres des femmes , on médite ceux des hommes.

Quelques hommes échappent par l'ima-

gination aux maux les plus instans : cour-
bés sous le poids des fers, gisant dans les
cachots, ils dominent et donnent des ordres ; privés de la lumière éclatante du
soleil, ils vivent réchauffés à ses rayons.
J'en conviens, des momens de réveil les
attendent ; ils les repoussent bien vite ,
purifiant la vie de toute calamité comme
d'un nuage qui en souille l'éclat.

Voici le contraste. Il est des hommes
qu'une imagination ennemie poursuit et
persécute sans cesse : pour eux la félicité même est un martyre perpétuel. En
vain leur raison triomphe d'une première
adversité qui, pour être fictive, n'en est
pas moins déchirante ; aussitôt ils tombent suppliciés sous une autre. Il est vrai

13..

que ce genre d'imagination est favorable
aux lettres et aux aits. Ceux qui le possèdent sont d'abord initiés à toutes les
sensations du malheur, puis ils ont aussi
une gaîté qui leur est propre. Ne décou-
vrant dans les institutions sociales que
l'impuissance de créer le bonheur, ils
s'égaient de tant d'efforts perdus, et
jouissent d'autant mieux de leur mo-
querie, que, déguisée sous les formes sérieuses, elle mystifie jusqu'à ceux qu'elle
amuse.

L'imagination n'est pas, comme l'affir-
ment de doctes métaphysiciens, une dou-
blure de la mémoire, répétant bien son
rôle ; elle est, qu'on me passe l'expression, une qualité instinctive de l'enten-

dement : elle en usurpe quelquefois tout
le pouvoir.

Les hommes, dont l'imagination a le
plus profondément remué le monde, ont
en général vieilli dans la solitude. Loin
de regarder autour d'eux, ils se parquent
dans leur propre nature ; et c'est, sur-
chargée d'abondance, qu'elle éclate à
l'improviste , prodige de force et de
grandeur. D'autres hommes naissent
doués de toutes les richesses d'une
imagination précoce; en retour, ils cèdent de bonne heure aux séductions de
la société. Mais dans l'espace orné du salon s'épuise bientôt la verve de leur imagination ; alors elle remplace la fécondité par la finesse : brillante et parée, elle

met en relief les nuances ; elle étincelle
dans les détails, mais elle trébuche devant
toute création d'ensemble : la puissance
lui manque pour s'élancer aussi haut.

Depuis quelque temps, il y a rivalité
afin de mettre en vogue parmi nous une
certaine multiplicité d'effets que par métier rencontrent le bourreau et ses valets.
Pour relever ce dégoûtant trafic de la
plume, on a voulu lui accoler la gloire de
l'imagination ; mais elle repousse avec
horreur une aussi fangeuse et sangui-
naire alliance : elle choisit quand elle invente. Nos jeunes écrivains, pour tromper
plus sûrement, ont acheté le bruit des
journaux ; le public est accouru, et faute
d'en savoir davantage, il a lu et même

applaudi. Mais tous ces succès n'ont pu que traverser la mémoire ; et cependant c'est toujours là que s'empreint le cachet de la véritable imagination.

Dans les livres, l'imagination, pour arriver aux grands effets, doit avoir une qualité dominante ou pour mieux dire exclusive. Il faut au contraire que dans les rapports habituels de la société l'imagination ait un peu de toutes les qualités et se modèle pour réussir sur ce qui l'entoure : sa flexibilité, c'est sa force.

DU PEUPLE.

DU PEUPLE.

———•○•———

QUELQUES siècles plus tôt, j'aurais écrit:
peuple, multitude immense qui, à la volonté de quelques uns, paie, avance,
recule ou meurt. Aujourd'hui, je regarde autour de moi, et ce même peuple n'est plus qu'une réunion de citoyens
dont l'élite, convoquée à certaine époque
par le pouvoir, discute et délibère l'obéissance avec lui* .

---

* Gouvernemens représentatifs, Chambres.

Long-temps le pouvoir a laissé tomber
de haut les ordres que recevait la foule
soumise.Pour lui, il n'était pas même
besoin de savoir commander : il n'avait
qu'à vouloir. Mais l'Europe a vieilli, et,
récapitulant tout ce qu'elle a souffert, a
enfin décidé que l'avenir lui apporterait
ses dédommagemens. Alors le pouvoir
délivra sur-le-champ au peuple sa part ;
c'est-à-dire que se mesurant aux circonstances, il a préféré partager à perdre.

Je franchis les mers, et grâce à la rapidité des communications, je presse déjà
un sol nouveau. Là, depuis un demi siècle, respirent des hommes* qui n'ont

---

* Les habitans des États-Unis.

établi qu'un pouvoir passager, afin, disent-
ils, d'être mieux défendus dans leurs intérêts, et surtout plus respectés dans leur
dignité. Richesses de l'industrie, ressources de l'agriculture, développemens de
l'esprit, ils possèdent tout. A côté d'eux
s'agitent des masses encore confuses* ;
peut-être s'éteindront-elles dans une longue anarchie. N'importe : l'impulsion est
donnée au monde, et, il en est si profondément remué, que désormais les devoirs les plus difficiles à remplir ont
passé du peuple au pouvoir**.

---

* La Colombie, le Mexique, etc.

** Il faut reconnaître que de nos jours le pouvoir remplit
d'autant mieux les devoirs qui l'attendent, qu'il est plein
de bonté, de douceur et de paternité.

(*Note de la* 4ᵉ *édition, tome* 3ᵉ, 1826.)

Pareil état de choses est-il si nouveau
qu'on doive s'en étonner? Non. En effet,
le peuple que composaient nos ancêtres
au moment de la conquête, ne fléchissait
que sous les ordres que lui-même avait
d'abord consentis. Nos pères ont donc
vaincu parce qu'ils étaient nés libres.
Mais chez eux la violence des passions
compromit bientôt l'indépendance individuelle. Alors le pouvoir, pour fonder,
fut obligé de déclarer la guerre au peuple. Resté vainqueur, il en profita afin
d'imposer l'obéissance la plus complète à
son ancien allié. Cependant d'autres périls vinrent assaillir le pouvoir, et il sem-
bla perdu; mais ralliant le peuple autour
de lui, il profita de son secours pour
étendre le joug sur tous. Néanmoins le

peuple, comprimé dans son énergie, pro-
gressait dans son intelligence; le temps
lui suffit, et il triompha. Ainsi le point
de départ a été la liberté sans lumières,
aujourd'hui, après d'immenses détours
et des maux infinis, le peuple possède
encore la liberté. Il la conservera, car
cette fois, sa force, c'est sa raison.

Maintenant le peuple veut-il me
croire? il ne lui reste plus à se défendre
que des séductions de la flatterie. Ne pos-
sède-t-il pas les principaux avantages? Qu'il
s'en contente, et qu'il soit bien convaincu
que si jamais une nouvelle lutte s'en-
gage, c'est du côté où sera d'abord l'usurpation qu'en définitive sera essuyée la
perte.

En France, mille jugemens divers sont portés chaque matin sur le peuple; tous se contredisent, et cependant ils ne manquent pas de vérité. D'où vient ceci? Cherchons.

Avant la révolution, il y avait inégalité ; mais, à certains égards, l'esprit de société rapprochait parmi nous ; depuis, la guerre a éclaté partout. Les classes supérieures, pour mieux se défendre, se sont retrempées dans les habitudes et les idées qui jadis leur étaient particulières. De leur côté, les classes intermédiaires s'appuyant sur les richesses qu'elles possèdent et les droits politiques qu'elles exercent, au lieu de tenter une réconciliation avec les classes supérieures, veulent à tout prix les effacer. Arrive à son tour le petit peuple. Depuis quarante-deux ans on lui a fait tant de promesses et on lui a imposé tant de sacrifices, qu'il en conserve une sorte de défiance générale. Enfin apparaissent les hommes religieux : on leur a tout pris : il est bien difficile que leur mémoire ne se réveille pas quelquefois, armée de vieux souvenirs. Maintenant ceux qui s'établissent les organes quotidiens de la France, ne la considèrent que sous l'aspect qui les intéresse, et sur cette seule partie ils décident de l'ensemble.

Le vice dont les classes inférieures se guérissent le plus tard, c'est la brutalité, qui est comme infiltrée dans toute leur

existence. Il en est long-temps ainsi. Mais
les classes inférieures se dépouillent-elles
de leur brutalité, une véritable révolution a lieu : effacée des mœurs, l'inégalité
n'est plus que dans les positions.

Comment reconnaître que le peuple
est arrivé au plus haut degré de sa fortune? Aux signes suivans : Intelligence
qui se développe sans que rien ne l'arrête ;
classes nombreuses mais distinctes, et où
chacun peut monter ; enfin, prérogatives
du pouvoir si habilement établies, qu'aux
services qu'elles rendent on les sent seulement.

Il est un contraste qui dans l'histoire
frappe sans cesse ; c'est la patience avec

laquelle le petit peuple supporte la servitude, et la férocité qu'il montre au jour
où éclate la liberté. Ces deux effets dérivent de la même cause, l'absence de tout
discernement. Esclave, le petit peuple
subit le joug sans jamais reconnaître
l'instant où il peut le briser : libre, il
tue et massacre bientôt ceux qui l'ont
délivré. Eh! pourquoi? c'est qu'à peine
est-il revenu du saisissement de sa première joie, qu'aussitôt accourt autour de
lui une multitude d'hommes qui veulent
tirer de la liberté le même gain que la
servitude assurait à d'autres. Il faut à leur
avidité des proscriptions. Ils accusent
donc devant le petit peuple ses véritables
bienfaiteurs, et les calomnient avec les
services qu'ils lui ont déjà rendus. Juge

novice, celui-ci ne sait ni comparer ni
apprécier ; mais les souvenirs pourraient
éclairer sa conscience. Alors on le trouble
par des sophismes, puis on l'attise dans
ses passions. Mais tant de crimes et
de désordres éclatent, qu'un nouveau
pouvoir surgit : pour durer , il se
tourne contre le petit peuple , qui ,
bourreau de la souveraineté qu'il n'a exer-
cée qu'en passant, est désarmé aussitôt.
Bref, en expiation de quelques jours de
puissance, on le renvoie à la chaîne pour
des siècles ; seulement, il compte quelques maîtres de plus : ceux qui se sont
enrichis en le pervertissant.

Il y a des révolutions qu'on peut con-
sidérer comme irrévocables ; celles qui ,

enfantées par les doctrines du peuple, s'appuient ensuite sur ses intérêts : c'est la pensée de l'homme s'enracinant au sol qui le porte.

En Europe, nulle révolution ne peut s'accomplir sans désastres, à moins que, conçue par des hommes appartenant aux classes supérieures, elle ne réunisse, au moment de l'exécution, le concours des classes intermédiaires. Quant au petit peuple, il doit attendre : dans cette crise, on fera toujours mieux que lui*. Si la révolution française a trompé les plus légitimes

---

* La révolution de juillet confirme ce que j'avance ici. En dépit de sa modération tant vantée, elle compte déjà, dans 201 villes, 478 jours d'émeutes et de combats.

espérances, c'est que les hommes distin-
gués qui dirigèrent son mouvement ont
appelé le petit peuple afin qu'il applaudît;
d'autres l'ont fait acteur. De là les partis,
pour triompher, se sont tour-à-tour atta-
qués avec les passions du petit peuple, dont
un instant ils ont pu disposer. Mais bientôt elles leur ont échappé, et ils ont disparu. Il n'en pouvait être autrement :
vouloir fonder la stabilité sur la violence,
c'est demander le calme à la tempête.

De quelle manière s'y prendre pour
éclairer parmi nous les dernières classes
de la société? Multiplier sur tous les
points des écoles nouvelles; nul doute,
un jour ce sera bien : faire ensuite imprimer des livres qui se distribuent plutôt

qu'ils ne se vendent; dépense utile, surtout quand le petit peuple sera assez
docte pour commencer à épeler. En attendant, quel parti choisir? Exercer l'intelligence de l'ouvrier dans le métier qui
le nourrit : par suite, travaillant mieux,
il sera payé davantage, et sa femme pro-
fitera d'une aisance jusque-là inconnue,
pour purifier les mœurs de la famille entière. Voilà le pas le plus difficile; nous
l'avons fait franchir aux classes inférieures *, attachons-nous à donner à l'homme
du petit peuple le savoir-faire, c'est-à-
dire l'habileté raisonnée du métier, plus

---

* Depuis quelque temps des cours gratuits de géométrie,
applicables aux métiers, ont lieu dans les principales villes
de France.

(*Note de la* 4ᵉ *édition, tome* 3ᵉ, 1826.)

tard lui viendra le savoir-vivre, et plus tard enfin le savoir qui fait penser.

Les hommes qui, tour à tour, ont dominé parmi nous pendant près de trente années, n'appartenaient pas aux classes inférieures; ils en étaient séparés par la naissance ou l'éducation. Les parvenus, véritable image du petit peuple, n'ont été aperçus que dans les camps, parce que là, pour vaincre, on a eu besoin même de la foule.

On peut attaquer avec plus ou moins de succès certaines mesures qui ont été prises en France depuis la restauration, mais il faut en même temps reconnaître que les soins les plus tendres ont été pro-

digués aux classes inférieures. Sans doute
elles souffrent encore beaucoup. Cependant, comme sous l'empire, l'homme du
petit peuple n'est plus soucieux ; revenu
de l'ambition qui le tourmentait dans un
temps où surgissaient chaque jour de si
prodigieuses élévations, il savoure désormais les plaisirs à sa portée ; quelquefois
même il a des heures heureuses. Je ne
parle pas de la capitale seule, je parcours
souvent les campagnes qui l'environnent ;
partout l'amélioration est sensible. Bref,
en douze ans, on a fait plus qu'ailleurs
en douze siècles.

Il y a des époques où le peuple se gou-
verne par la crainte ; d'autres où on le
mène par les idées. Dans le premier cas,

les princes doivent combattre ; dans le second, ils doivent savoir penser. Au moment de la conquête, les gros bataillons rapportent plus qu'ils ne coûtent ; alors qu'ils soient toujours complets. Maintenant, la conquête est-elle accomplie ? diminuez les bataillons, et mettez-vous en tête des idées. Quand les princes ne précèdent pas le peuple, au lieu de commander ils obéissent. D'accord la royauté est encore à eux, mais en réalité ils cessent de régner.

La France présente dans ce moment un spectacle singulier. Hors nos princes *

---

* Les bienfaits de nos excellens princes font plus que consoler toutes les misères ; ils les préviennent.

(*Note de la* 4ᵉ *édition*, *tome* 3ᵉ, 1826.)

Du moment où le pouvoir tombe, commence à se lever,

et quelques hommes supérieurs, l'aver-
sion qu'inspire le petit peuple est générale, et cependant pour l'attirer, de toutes parts, on n'a jamais fait plus d'efforts.
Les classes supérieures qui l'ont vu en-
sanglanter le mouvement dont elles ont
été victimes, veulent à tout prix s'en em-
parer, afin de l'arracher pour toujours
aux affaires publiques. Les hommes religieux, qui ont tant souffert de l'athéisme
passager du petit peuple, aspirent à renverser son intelligence pour la refaire sur
un nouveau plan. De leur côté, les cla-
ses intermédiaires cherchent sans cesse à

pour ou contre lui, le grand jour de la vérité. Il a été reconnu
depuis la révolution de juillet que Charles X donnait dix
millions par an sur la liste civile. — (1832.)

tourner au profit de leurs projets les
rapports journaliers qu'elles ont avec
le petit peuple : erreur générale. Depuis la révolution on a imposé des doctrines si opposées aux dernières classes,
qu'elles ne savent plus où reposer leur
foi; alors elles courent tout naturellement à leur intérêt. On peut les acheter
un jour, mais non les convaincre un instant. Néanmoins elles rentreront dans
les croyances d'ordre, car désormais elles
sont trop mêlées à tous les rapports
de la société pour que tôt ou tard la raison ne leur arrive pas ; seulement lorsque celle-ci commencera de poindre, que
le pouvoir reste neutre : en effet, ses fruits
seront sûrs du jour où elle ne sera ni
hâtée ni dirigée.

Le besoin d'indépendance est tellement répandu dans toutes les conditions,
qu'il caractérise le peuple actuel et formera dans les siècles sa physionomie particulière. Jusqu'à nos jours, c'était dans
le sanctuaire surtout que la subordina-
tion se montrait admirable; elle respectait
non seulement la hiérarchie dans tous ses
divers degrés, mais encore l'âge. Maintenant les lévites qui débutent dans la carrière, stygmatisent tout haut les doctrines
des vétérans du sacerdoce, et pour
mieux faire éclater leur indépendance, se
déclarent eux-mêmes milice du jeune
clergé*. Là se montre à mon sens toute

---

* Il n'en faut pas moins proclamer que *le jeune clergé*
possède les plus précieuses qualités; mais c'est à tort que

la révolution politique que nous avons
éprouvée : sous une autre forme elle va

pour vouloir faire *plus de bien*, il s'isolerait des martyrs
qui, à l'époque de nos troubles, ont donné tant d'éclat au
saint ministère. Ce qu'il y a de plus vénérable au monde,
c'est le clergé qui a proclamé le *divin Maître* pendant la
révolution : on ne peut jamais s'égarer en le prenant pour
modèle. Je dirai encore, pour divulguer toute ma pensée, que rien n'attriste plus la conscience des fidèles que les
débats dont ils sont témoins depuis quelque temps ; débats,
où l'indépendance du *simple prêtre*, emportée sans doute
par l'ardeur de la vérité, a oublié le respect qui est dû à la
qualité si éminente de l'*évêque*. Bossuet s'est montré plein
de douceur dans ses controverses avec les écrivains protes-
tans dont plusieurs l'injurièrent jusqu'au dégoût : on était
alors dans une époque toute de croyance. Que ceux qui nous
enseignent aujourd'hui entrent dans l'esprit de *charité ;* la
religion catholique ne compte-t-elle pas des ennemis ? eh
bien ! que ses défenseurs ne forment qu'une seule phalange.

(*Note de la* 4° *édition, tome* 3°, 1826.)

envahir l'église. La chaleur, l'entraîne-
ment et l'énergie succéderont au calme,
à la patience et à l'onction. Livrée à la
jeunesse, l'église recueillera les avantages et surtout les inconvéniens de cet âge :
pris à part, ses combattans se présenteront
bien armés ; mais l'indépendance dont ils
auront besoin pour faire réussir chaque
attaque, nuira à l'ensemble. On rempor-
tera une foule de victoires partielles, en
manquant ces succès généraux qui, pour
être lents, étaient jadis indestructibles.
L'église enfin, poussée par l'indépendance, risquera un instant, contre la mobilité de conquêtes nouvelles, l'éternité
de ses possessions.

Les rois naguère ne se liaient que dans

leurs intérêts , amis ou ennemis , suivant
qu'ils avaient à prendre ou à partager ;
mais , éclairés par le malheur, ils ont
voulu que la foi religieuse garantît et pu-
rifiât dans l'avenir tous leurs nouveaux
rapports : une sainte alliance fut donc
formée pour la première fois ; comme il
y avait beaucoup de maux à réparer, elle
se montra utile. Grâce au calme qu'elle
établit , les intérêts les plus divers naqui-
rent ; puis , pour arriver à maturité , se
séparèrent. Alors la sainte alliance , faute
d'un roi, s'arrêta immobile. Les peuples ,
de leur côté, qui s'étaient mis plus ou
moins en communication par les livres et
les journaux , ont senti germer en eux le
même esprit : une occasion favorable
s'est présentée , ils l'ont saisie. On les a

vus en pleine paix lever des impôts, acheter des armes, équiper des navires, et donner des instructions aux députés de leur choix. En dehors des gouvernemens, les peuples ont fait tout haut acte de souveraineté; la liberté du monde a été agrandie*, et voilà comment restera marquée l'ère de leur première alliance universelle.

De la restauration jusqu'aux journées de juillet, tel a été en France le peuple pris dans son ensemble : classes supérieures qui s'arrêtent comme immobiles

---

* Le salut de la Grèce, pour être différé, ne m'en parait pas moins sûr. Pour être juste, il faut reconnaître que ce beau résultat est dû à la religion et à la liberté légale : bien dirigées, nul obstacle ne peut leur résister.

(*Note de la 4ᵉ édition, tome 3ᵉ*, 1826.)

dans leur position de peur d'en perdre
les avantages; classes inférieures ne de-
mandant qu'un travail assidu, pour arriver à une demi-aisance; enfin classes
moyennes qui disposent des masses, puisqu'elles les nourrissent en les occupant.
Enrichies grâce au luxe des unes et à la
sueur des autres, les classes moyennes
ont aspiré au premier rang. Pour l'atteindre, il fallait faire descendre tout ce
qui était au-dessus d'elles : seules elles
auraient succombé; elles ont alors armé à
leur profit toutes les susceptibilités du petit peuple. Une lutte à mort s'est engagée
avec le pouvoir; le petit peuple en a ris-
qué l'enjeu et a gagné; mais au moment
du partage, les classes intermédiaires lui
ont soufflé non seulement le profit de la

partie, mais elles lui ont encore fait payer la dépense des cartes.

Sous notre vieille monarchie, le petit peuple, surtout celui des campagnes, avait à souffrir dans ses besoins physiques ; il vivait à l'étroit, mais de sa gaîté native il narguait la détresse. Depuis, il est devenu propriétaire à bon compte*, et par intervalle la fortune l'a soulevé jusqu'à l'exercice d'un pouvoir divisé à l'infini ; il en a eu sa part : mais il marche triste et abattu au milieu de ses nouvelles conquêtes, il ne les sent que pour envier tout ce qu'elles lui refusent encore.

* Vente des biens dit nationaux.

En Europe, la souveraineté du peuple, au dix-neuvième siècle, n'est qu'un lieu commun de livre ou de tribune qui amorce la populace. Désormais le pouvoir ne peut être renversé par plusieurs que pour arriver plus vite à un seul. La souveraineté du peuple n'est possible que là où les hommes sont rares et les intérêts imperceptibles : c'est une forme de gouvernement que repousse la civilisation : celle-ci classe ; la souveraineté du peuple confond.

Il y a parmi nous * une grande différence entre le petit peuple des villes et celui des campagnes : le premier est rai-

* De 1830 à 1832.

sonneur ; le second est calculateur. Le petit peuple des villes a déjà laissé loin de lui les bulletins et les lauriers ; il aimerait à pérorer de nouveau sur les places ou à être applaudi dans les sections ; il a soif par dessus tout de se hisser jusqu'à l'effet public. Le petit peuple des campagnes a toujours présent à la mémoire les grandes fortunes militaires de l'empire ; il n'oubliera jamais que tel paysan est parti soldat de son village pour revenir général ; il a vu monter et s'arrondir tous les cousins de la famille ; il connaît leurs châteaux ; il laboure leurs terres. Nos gens de campagne, l'œil constamment fixé sur ces chances merveilleuses des camps, échangeraient tout ce qui est liberté pour courir à de nouveaux combats. Peu leur

importe les servitudes de la discipline et
les mutilations de la guerre, si, despotes
à leur tour, ils commandent pour s'enrichir.

Pourquoi ne pas l'avouer, le petit peuple, quand on ne l'étudie que dans l'histoire, inspire une sorte d'effroi auquel
se mêle souvent le mépris. C'est qu'il
n'apparaît dans les livres que réduit au
désespoir par des siècles de douleur, ou
bien enflammé de haine par des sophistes. On ne le montre que lorsqu'on de-
vrait le cacher. Ah! pour connaître réel-
lement les dernières classes de la société,
il faudrait quelquefois vivre avec elles.
Loin de les entraîner dans l'arène de la
politique, qu'on les suive dans les détails

de leur vie privée, alors on les aimera
trop pour les compromettre. Oui, péné-
trons dans la demeure du pauvre : c'est
là qu'en proie à tous les maux, il les
épuise sans en être jamais abattu. Mais
c'est surtout pour mourir qu'il a un courage tout-à-la-fois simple et sublime ;
pour lui c'est sa dernière heure de peine :
c'est son travail qui finit. Cependant on
repousse l'homme du petit peuple, on ne
supporte pas même sa vue ; pour se laisser attendrir, qu'au moins avec moi on
daigne jeter un regard sur toutes les misères qui l'attendent. A peine est-il né
qu'il est attaqué dans tous ses sens ; hors
la mère qui le veille et le nourrit en pleu-
rant, nul n'a pitié de ses précoces douleurs : ce serait lui ravir son premier ap-

prentissage. Exténué avant d'avoir vécu,
il n'a pas franchi l'enfance que déjà il est
garrotéau métier, gage de son triste avenir.
Plus à plaindre que jamais, il n'y a pas
de jour où, victime sans défense, il
ne supporte les emportemens de ceux
qui l'enseignent. Enfin, de routine, il
en sait assez pour se suffire à lui-même.
Mais il a si long-temps souffert qu'il a
besoin d'aimer : son cœur s'attache, et
pour la première fois il sent qu'il peut
être heureux. Aussitôt il est appelé à la
défense de sa patrie; bientôt de nouvelles
humiliations l'attendent, et sur le champ
de bataille, il n'a place qu'où l'on tombe
sans même être aperçu. Mutilé ou du
moins privé de l'habitude du travail, il
revient dans ses foyers et retrouve celle

qu'il aime. L'homme du petit peuple devient père de famille ; ses privations s'en
augmentent ; mais si les jours sont durs,
les nuits l'en consolent : c'est la moitié
de la vie qu'il gagne. Tout-à-coup le métier qui le nourrit devient stérile ; il en
apprendra un autre ; non, n'ayant jamais
cultivé son intelligence, il ne sait que par
imitation. Alors il n'est pas d'emploi qui
le rebute, et de porte en porte il frappe
pour être admis. Mais avant que la pitié
s'éveille, des mois entiers s'écoulent. Cependant sa femme et ses enfans, épiant
son retour, lui demandent où est le pain
qu'il apporte ; il ne leur répond pas ;
mais, se glissant dans l'ombre, il implore
la pitié publique. On l'arrête ; il est coupable : telle est la loi de la civilisation.

Enfin les temps deviennent plus heureux, et il retrouve dans son travail le
lucre quotidien. Mais, usé par la détresse et vieilli avant l'âge, il se traîne
pour être admis un instant dans ces asi-
les où la désolation, depuis des siècles,
ne s'arrête pas. Le danger est si immi-
nent que la porte s'ouvre devant lui, et
il s'étend sur un grabat encore tiède :
c'est le dernier reste de chaleur qu'a
laissée celui qui l'a précédé ; c'est ainsi
que dans ces lieux on trouve de la place.
En vain la science et la charité chrétienne
essaient de le sauver. Il n'a plus les soins
de sa femme ni la tendresse de ses enfans; ceux-ci, qui doublent le poids de
leur travail pour adoucir son sort, ne le
voient qu'en passant. Il touche à sa der-

nière heure : alors, d'une voix éteinte il
appelle ses enfans, les cherche, soupire
et meurt; à la pointe du jour ils ac-
courent; leur père est remplacé ; où
est-il ? On ne sait. Coupées et muti-
lées, les dépouilles du pauvre restent
sans forme humaine *, et, jetées dans le
même abîme, s'y perdent sans le combler.
Ainsi se clot la vie de l'homme du petit
peuple, de celui qu'on regarde comme
heureux parce qu'il a joui par moment
de l'indépendance qu'assure un métier.

* Elles sont abandonnées aux travaux anatomiques.

DE L'AMOUR.

DE L'AMOUR.

Il est tout aussi difficile de définir l'a-
mour que le bonheur ; ce sont deux sentimens que chacun éprouve et exprime
d'une manière différente : ils échappent
par conséquent à l'exactitude de l'ana-
lyse.

Dans le sens le plus général, on peut
dire que l'amour est le désir de la possession ou le besoin de jouir ; que c'est une

sensation physique que la nature a créée
dans l'intérêt de sa reproduction. D'un
autre côté, on ne peut disconvenir qu'in-
dépendamment du besoin de la reproduction, il existe un charme qui attire un individu vers un autre, qui confond votre
existence avec la sienne, et qui vous fait
rapporter à lui tous vos désirs et toutes vos
pensées ; que ce sentiment naît et se sou-
tient sans aucun mélange étranger, et
qu'une parfaite harmonie des ames produit seule cette céleste volupté ; que si
les sens ont quelquefois part à cet état
délicieux, ils sont toujours dans une dépendance absolue, et ne servent qu'à rendre plus intime cette douce union, en rendant tout commun entre ceux qui s'aiment.

Ainsi, au premier aperçu, on distingue dans l'amour deux nuances bien différentes : plaisir des sens, volupté de
l'âme. Dans le monde, on confond ces
deux nuances : les hommes voluptueux
ne reconnaissent que l'amour du plaisir, et
les âmes sensibles ne parlent et ne voient
que doux sentiment.

Je crois que l'amour est le besoin
de tous et le plaisir seulement de quelques-uns. A ce dernier titre, il devient
un sentiment si exquis , que , pour
en jouir, la masse des hommes a quelque chose de trop grossier. Il existe
dans le cœur une délicatesse comme
dans l'esprit ; elle échappe au grand
nombre.

Il y a cette différence entre l'amour et
la possession, que l'un est un désir indé-
fini et l'autre un désir satisfait.

Les femmes qui plaisantent avec l'a-
mour sont comme les enfans qui jouent
avec les couteaux ; elles se blessent toujours.

On peut diviser la vie des femmes en
trois époques : dans la première, elles
rêvent l'amour ; dans la seconde, elles
le font ; dans la troisième, elles le regrettent.

Presque toutes les femmes prêchent
l'amour platonique, mais beaucoup d'entre elles ressemblent à ces avares fastueux

qui parlent toujours de dépense sans jamais en faire.

Le cœur des femmes est comme bien
des instrumens ; il dépend de celui qui le
touche.

Quand les hommes cessent d'aimer,
ils oublient tout jusqu'aux souvenirs.
Il n'en est pas de même chez les femmes : les souvenirs ne peuvent jamais
les quitter ; et c'est souvent ce qui les
empêche de s'apercevoir qu'elles vieillissent.

C'est de l'amour que les femmes reçoivent leur caractère ; aussi portent-
elles pour toujours l'empreinte de leur

16..

premier amant : il leur donne , si je puis m'exprimer ainsi , des destinées toutes faites.

L'amour se défend même de l'avenir le plus sûr , parce qu'il faudrait lui céder quelque chose du temps présent , et que de celui-là il en trouve à peine assez pour suffire à son bonheur.

On peut dire qu'il est presque impossible de se préserver de l'amour. En effet , on n'a de force contre lui qu'au moment où il s'approche du cœur ; et comme les formes sous lesquelles il pénètre changent et varient sans cesse, on n'a pas encore eu le temps de le reconnaître qu'il est déjà sûr de sa puissance. Il faut encore remarquer que l'amour s'adapte de lui-même aux circonstances les plus indifférentes de la vie, comme il se glisse au milieu des plus nobles sentimens. Ainsi l'on passe quelquefois des heures entières auprès de celle que l'on doit aimer un jour, et tout à coup un regard qui vous semble plus tendre, une parole qui vous touche, une émotion qui ne se découvre qu'à demi, en voilà plus qu'il ne faut pour commencer un attachement qui remplira ensuite toute l'étendue de la vie.

On est généralement d'accord pour regarder l'amour comme le sentiment le plus essentiel au cœur, et à la grandeur même de ses fautes on lui mesure l'indul-

gence. Il est vrai cependant que l'amour
a disparu du monde pendant des siècles
entiers, et qu'une simple modification
dans la forme du gouvernement, un changement dans les mœurs, décident souvent
de son sort.

Il faut d'abord reconnaître que l'a-
mour, comme sentiment moral, est une
création qui appartient aux femmes;
ainsi, aux époques où la législation les a
exilées de la société, il n'y avait plus d'a-
mour, mais seulement union des deux
sexes : alors le monde était bien à plaindre, puisque la force régnait sans que la
grâce pût adoucir sa rigueur. L'ancien
système social a disparu le jour où la
force sur laquelle il comptait est venue à

fléchir, et le nord a renversé l'édifice de
la puissance romaine. Mais tout en ap-
portant la destruction, il y avait quelque
chose de tendre dans le cœur de ces barbares; ils rendaient hommage aux femmes, comme à la divinité qui donne le
bonheur. Cette touchante disposition ac-
quit de nouveaux développemens. Le
christianisme, disciplinant la conquête,
en tira la civilisation moderne. Comme
il donne de la dignité à tout ce qu'il touche, il éleva la femme au rang de com-
pagne; en même temps qu'il laissait à l'é-
poux la supériorité, puisque lui seul devait rester chargé de tout ce qui exigeait
courage et résolution.

Les rapports du cœur une fois recon-

nus, les femmes devinèrent bientôt que
le plaisir de la possession ne devait plus
être que secondaire. D'un autre côté, la
retraite où elles étaient confinées, et d'où
elles ne sortaient que pour être exposées
aux périls des fréquentes guerres de la
féodalité, rendait indispensable à leur
faiblesse la générosité des hommes. Il lui
fallait un prix : les femmes cherchèrent,
et après avoir épuisé tout ce qu'elles
avaient de délicatesse, elles inventèrent
pour les hommes un nouveau genre de
bonheur d'autant plus précieux, qu'elles
en firent la récompense des plus brillantes vertus. L'amour tel que je le conçois
naquit alors, et les femmes devinrent
souveraines du monde. Il faut le dire, elles
n'usèrent de cet empire que pour mieux

nous aimer, et, par instinct de bonheur,
leur commandement nous était cher. Malheureusement les premières d'entre elles
furent appelées à la cour de nos princes,
où elles eurent encore le pouvoir; mais
leur honneur en paya quelquefois les
conditions; et malgré leurs efforts elles
ne purent triompher de l'influence des
mœurs établies dans un lieu où le bien et
le mal ont tour à tour puissance de se
constituer usage. Quelques femmes dé-
gradèrent l'amour ; cependant il n'en
resta pas moins un noble sentiment; car
ce que nous appelons esprit de société
n'existait pas encore, et la corruption,
suivant le caractère particulier de nos
princes, naissait ou mourait à la cour.
Là même, les formes chevaleresques im-

primaient au désordre de l'éclat et de la
magnificence. Mais l'esprit de société qui,
plus tard, pénétra partout, détruisit insensiblement l'empire des femmes : il rappro-
cha de trop près les deux sexes, et combla
l'intervalle dont l'imagination a besoin
pour féconder l'amour. En se voyant sans
cesse, on sut de part et d'autre les côtés qui
étaient faibles : on s'attaqua, on se vain-
quit, et l'amour, changé en une sorte de
tactique, dut trop à l'adresse pour valoir
encore beaucoup comme sentiment. Cependant il restait toujours aux femmes
les dehors de l'admiration et de respect :
l'enthousiasme survivait même dans quelques ames privilégiées ; on se battait encore pour l'honneur et l'amour de sa
dame ; et dans les guerres du grand siè-

cle, toute l'armée vit un preux blessé à
mort suspendre, pour ainsi parler, son
dernier soupir, afin de tracer encore une
fois le nom de sa bien-aimée. Enfin si le
cœur jouissait moins en général auprès
des femmes, il les reconnaissait encore
comme le plus précieux ornement du
monde. Ce dernier reste d'hommage,
elles le perdirent sous un prince* qui par-
vint à naturaliser la débauche parmi nous,
parce qu'elle était l'unique plaisir qui
réveillât encore sa langueur. Les femmes
des hautes classes, menacées de tomber au
rang des courtisanes, n'avaient plus qu'un
dernier moyen de salut, c'était de se tenir
à l'écart. Sorties pour un instant de la

* Le régent.

société, le cœur des hommes les y aurait
rappelées plus puissantes que jamais,
mais le courage leur manqua à la seule
pensée de ce léger exil : elles aimèrent
mieux combattre avec les mêmes armes
leurs rivales; et il leur fut donné quelquefois de les vaincre. La mode s'avisa ensuite
de légitimer ce qui n'avait été que calcul
de situation, et l'esprit, à son tour, en
fit un système de bonne compagnie.

Les femmes furent alors immiscées aux
affaires et habiles aux intrigues ; mais
dans l'intimité il n'y eut plus pour elles
ni amour ni galanterie, et leur possession ne servit désormais qu'à égayer le
persiflage. Les femmes de la haute société, convaincues à la fin que le désor-

dre des mœurs avait été poussé trop loin
pour être encore illustration, s'enrôlè-
rent sous les drapeaux de la philosophie
moderne. Elles n'étaient plus honorées
comme femmes, elles voulurent l'être
comme éclairées et savantes. La fausse
réputation que les gens de lettres leur
concédèrent, elles en firent don à leur
tour. Par là elles acquirent un nouveau
degré d'importance, et firent monter au
pouvoir, des hommes qui ne leur parais-
saient grands, que parce qu'ils les dépas-
saient d'un peu.

Les fautes de ces pygmées hâtèrent la
révolution que tant d'autres causes avaient
préparée. Déchirant sans pitié les affections les plus douces, elle révéla tant de

douleur aux femmes des hautes classes,
que de long-temps elles en resteront pu-
rifiées. Aussi les mœurs que je viens de
retracer leur sont devenues si étrangè-
res, qu'elles ne les connaissent plus que
de souvenir.

Cette série d'observations, qui repo-
sent sur des faits incontestables, prouve
que l'amour dont on parle tous les jours
avec tant de légèreté, exerce une véritable influence sur la société. S'il se
conserve comme sentiment moral, il
répand partout la vigueur et la pureté;
s'il est dégradé ou banni, l'homme
s'affaisse privé de soutien; car la force
n'est pas dans l'esprit, elle jaillit du
cœur.

Il ne faut pas que l'amour domine les héros, mais il ne doit pas non plus leur manquer tout-à-fait ; car il suffit quelquefois de lui seul pour populariser leur gloire.

L'amour le plus vrai a ses ruses et ses mensonges, non pas qu'il veuille tromper, mais il devine sur-le-champ tout ce que le cœur lui demande ; il se mesure alors à ses besoins ou à ses faiblesses, s'y prête ou s'y refuse, et, se modifiant sans cesse, rajeunit ainsi le bonheur qu'il nous donne.

L'amour se compose d'un si grand nombre de sensations, qu'il laissera toujours de nouvelles choses à dire. En gé-

néral, on ne le connaît qu'à proportion
de ce qu'il coûte au cœur. Cette idée qui,
au premier instant, semble paradoxale,
est, au fond, de la plus grande justesse.
Lorsque l'amour est d'accord avec les
convenances sociales, il conduit par une
pente si rapide au bonheur, qu'à peine
on peut le sentir tout entier; puis la sainteté du mariage, réglant l'amour, le condamne à une sorte de quiétude qui, à
force d'être douce et paisible, le berce et
l'endort. Mais si la fortune, la naissance,
le rang séparent ceux qui s'aiment, il y
aura lutte entre le cœur qui s'efforcera
de combler la distance, et la raison, qui,
par intervalle, la laissera apercevoir. Les
sacrifices venant de la part de l'homme,
multiplieront encore ses douleurs; car il

est à remarquer que, dans une pareille
position, il doute et hésite sans cesse,
tandis que la femme qui, pour devenir
heureuse, a besoin de sa générosité, re-
double d'efforts pour plaire. Il est impossible que l'homme refuse constamment :
il cède donc aujourd'hui sur un point,
demain sur un autre; mais la considération publique, les préjugés conserva-
teurs, l'avertissent et le conseillent à leur
tour. Il s'indigne de ses liens, les brise
en partie, arrrache des larmes à celle qui
lui est chère, se repent, pleure avec elle,
et, pour obtenir pardon, retombe en de
nouvelles faiblesses. Je ne parle ici que
d'un sentiment réprouvé par la raison et
les convenances : à supposer maintenant
un amour que le devoir condamne, et

qu'il est impuissant à étouffer, jusqu'au
souvenir, tout est remords. Il faut se dé-
tacher à la fois et du cœur qui ne doit
plus sentir, et de la mémoire qui ne doit
plus rappeler ; il faut enfin sortir de soi,
ou se résoudre à l'éternelle amertume
d'un sentiment qui, dans ce cas, a toujours quelque chose de nouveau à faire
souffrir.

L'amour laisse quelquefois de si longs
regrets, que le monde, touché de pitié, le
relève de ses fautes, et lui crée de ses
remords mêmes une sorte de considération nouvelle.

Il y a dans l'amour quelque chose de
trop exclusif pour qu'on ne le découvre

pas vite ; s'il se décèle différemment il ne
s'en décèle pas moins. Chez une jeune
fille, ce sera par une indifférence complète à tous ces légers détails qui jadis
amusaient sa vie ; elle rompt plutôt qu'elle
ne dit adieu à toutes ses habitudes ; elle
est comme retirée dans un seul sentiment. Une femme mariée, au contraire,
devient piquante et animée ; elle sent où
chaque pas qu'elle fait la mène ; elle
étourdit sa propre conscience : elle ne
mesure rien, elle franchit tout : à sa vivacité, à sa turbulence même, on la prend
sur le fait.

Certains hommes ont les sens pares-
seux, le cœur tendre, mais l'esprit réfléchi ; ils distinguent une femme, mais

17..

avant de s'attacher à elle, ils la scrutent
et l'examinent ; ils supputent quels avantages ou quels inconvéniens elle peut
apporter ; ils entrent en délibération.
Leur fait-on reconnaître que c'est autant
de jours dont ils dépouillent leur propre
bonheur, aussitôt leur parti est pris ; et
sont-ils aimés, ils s'éprennent d'une passion devant laquelle ne recule aucun sa-
crifice ; ils ont l'emploi de leur vie entière. D'autres hommes sont doués de
sens impétueux, d'un cœur ardent et
d'une résolution inébranlable ; aussi tout-
à-coup ils cèdent à un amour qui foule
aux pieds devoirs, affections et préjugés : ils renverseraient le monde pourvu
qu'ils pussent jouir sur ses ruines. On
s'épouvante de pareils attachemens, mais

on n'est pas revenu de sa première surprise
qu'ils sont déjà brisés. Nulle délicatesse
dans la rupture, nul souvenir pour le
passé ; ils ne le regrettent pas, ils l'oublient : telle est la différence de l'amour
qui raisonne au tempérament qui emporte.

Dans le grand monde on s'explique rarement entre rivales. Pour savoir de quel
côté est la victoire, il suffit de se bien
regarder ; quand l'une est attentive à tout
saisir et l'autre ardente à tout divulguer,
il n'y a plus de doute : sur un seul coup-
d'œil on se déteste jusqu'à la mort. Dans
ce genre, si les haines de la haute société font peu de bruit, en retour elles
durent long-temps. Il doit en être ainsi.

La femme, jadis aimée, ne peut, comme entre petites gens, se venger par l'injure, tandis que celle qui l'a vaincue n'a qu'à se montrer pour lui faire mal : de sa seule présence elle la déchire et la terrasse.

L'amour prête plutôt qu'il ne donne aux hommes ; tel est habile pour arriver au rendez-vous qui se laisse prendre au retour ; tel est rusé pour tenter une première attaque, qui bientôt hésite en présence des parens ou trébuche devant le mari : en général, nous sommes plus entendus avant qu'après. Les femmes empreignent l'amour de toutes les qualités dont elles ont besoin. Comme elles courent les plus grands

risques, elles sont préparées pour toutes
les surprises ; elles ne passent jamais à
côté de ce qu'elles veulent; elles l'ont
une fois; elles l'ont mille fois, et ce n'est
qu'à force d'être heureuses qu'elles se trahissent.

Les hommes ne sont bien délicats que
dans leur premier amour, encore faut-il
qu'ils soient très-jeunes et qu'ils aiment
une femme un peu plus âgée qu'eux. A
entière égalité sur ce point, on sent trop
l'un comme l'autre; on se devine plutôt
qu'on ne s'étudie. Mais la femme compte-
t-elle quelques années de plus, on lui
tient compte de tout ce qu'elle doit savoir; c'est un bonheur inouï dont on lui
sera redevable : de là ces attentions si

continuelles, ces prévenances si délicates, ce dévoûment si absolu, ces désirs si
pleins tout-à-la-fois de pudeur et d'impétuosité. Les femmes, dans ce cas, se
défendent avec habileté; elles font espé-
rer et elles retardent; elles promettent et
elles reprennent; mais, attendries par
tant d'amour, elles succombent enfin ;
leur triomphe est court : elles ne pouvaient régner que par le refus.

L'imagination entre pour beaucoup
dans l'amour; elle donne de la saillie
et du trait aux mots les plus indiffé-
rens; elle fait la taille haute et souple;
elle inspire la physionomie; elle prête au
cœur tous les sentimens dont elle a l'intelligence. A tort croit-on qu'elle tra-

vaille contre notre bonheur ; il reste toujours quelque chose de ses œuvres, et,
comme elles sont personnelles à l'amant
ou à l'époux, ils ne s'en détachent jamais.
On porte hautement toute sa vie un choix
que le reste du monde ne peut compren-
dre : il apprécie avec son jugement ; l'a-
mant ou l'époux sentent avec leur imagination.

Ce n'est pas l'amour véritable qui inspire de grandes sottises aux puissans de
ce monde ; ils s'en garent en général ;
mais comme ils laissent leur vanité s'in-
filtrer partout, ils se ruinent pour des femmes à la mode, se déshonorent pour
des prostituées, et s'affichent pour des
comédiennes. Dans ce genre, ils mettent

à si haut prix l'opprobre de la publicité,
qu'ils en perdent la mémoire de leurs titres et la dignité de leur position. L'habitude survient qui les enterre tout entiers dans des liaisons qui les rapprochent
de ce qu'il y a de plus bas. Ils meurent
quelquefois beaux-frères de leur cocher et
cousins-germains de leur laquais.

Sur ce point cependant une amélioration s'annonce. De nos jours quelques
princes ont cédé à l'empire d'un amour
vertueux. Faute de pouvoir élever aussi
haut que le trône les femmes qui leur
étaient chères, ils leur ont accordé la
première place dans l'intimité de la famille. Ils se sont défendus d'en faire des
maîtresses; ils les estimaient; ils ne les

ont pas proclamées reines, les lois s'y op-
posaient : ils se sont alors donné une
épouse *. C'est un exemple qui a tourné
au profit des mœurs : ces princes, en se
rendant heureux, ont encore été habiles.

Dans les rapports de l'amour, les Français épanouissent tout ce que leur vanité
renferme d'insolence : fortune, position,
jusqu'à la vie ; ils ne marchandent rien
pour mettre en relief les plus secrètes fa-
veurs de leurs maîtresses. Les Espagnols
se nourissent et s'exaltent des refus qu'on
prodigue à leur constance. Les Anglais
étudient l'amour ; c'est le choix d'une
femme qu'ils lui demandent ; il s'agit pour

* Mariage de la main gauche.

eux de passer le bail de l'existence. Les
Italiens altérés de plaisir épuisent les sensations de l'amour, mais n'en recueillent
pas les délices; ils le peignent dans ce qu'il
a de plus ravissant pour les yeux : là,
s'arrête leur puissance. Les Allemands rêvent plus qu'ils ne vivent, et ils se trompent avec l'amour jusqu'à le chercher
dans le mariage. En Orient, les femmes
s'achètent et se revendent : on n'a pas
même l'instinct de l'amour : on satisfait
un appétit.

Enlevez à l'amour ses espérances qui
sont si étendues, ses caprices qui sont si
mobiles, ses imaginations qui sont si fan-
tasques, délivrez-le des transports de
sa jalousie qui sont si déchirans, vous

croyez avoir fait merveille : mais tel est
ce sentiment qu'il ne jouit que parce qu'il
souffre. Il lui faut, pour respirer à l'aise,
des luttes et des sacrifices; il ne vit heureux qu'en se débattant contre les convenances : le devoir ne le touche que pour
l'éteindre.

Jadis on élevait les jeunes filles loin de
toute pensée d'amour : elles entraient
dans le monde sans défiance, et tom-
baient du premier pas quelquefois pour
ne plus se relever. Maintenant les
jeunes filles au lieu de la pureté de l'innocence possèdent sa raison ; elles sont
plus sûres d'elles-mêmes ; on les entraîne
moins : si elles capitulent, c'est en gar-
dant l'avantage.

En amour, on n'est bien profondément passionné l'un pour l'autre, qu'à la suite de longues et de fréquentes brouilleries : on sait alors tout ce que l'on vaut dans le résistance comme dans la concession.

Quelques femmes ont d'abord plus de malice que de tendresse; elles promettent pour ne pas tenir, et rient à gorge déployée des mystifications qu'elles font éprouver à l'amour. Cette gaieté de cœur ne dure pas : elles sentent enfin, et un unique et tardif attachement torture tout le reste de leur vie. A cette condition, l'amour leur rend les arrhes qu'elles ont donnés à sa vengeance.

DE LA VOLONTÉ.

DE LA VOLONTÉ.

Volonté : décision suprême qui classe chaque caractère.

La volonté individuelle ne commande que parce qu'elle sait prévoir et réaliser tout à la fois ; alors, elle a tant d'avantage sur les masses, que, subjuguées, celles-ci disputent à qui lui obéira le mieux.

A tort croit-on que les femmes man-

quent de volonté ; c'est mal les connaître.
Seulement si elles ne réussissent pas quelquefois, c'est qu'elles ont mille volontés
où il n'en faudrait qu'une.

Il est certaine époque de la civilisation
où le pouvoir n'est guère embarrassé de
la volonté du peuple ; car en attendant
qu'elle change, il n'a qu'à l'amuser.

Avec un esprit très varié on plaît ; avec
une volonté unique on commande.

Dans les rapports ordinaires de la vie,
qui n'a que la volonté ressemble à celui
qui, en littérature, n'a que l'idée. Sans
doute le fond est découvert ; mais il
n'en est pas moins vrai qu'il n'a de va-

leur que dès l'instant où la forme est trouvée.

Les gens du petit peuple seront longtemps asservis, parce qu'ils n'ont pas la logique de leur volonté. Ils s'y prennent si mal pour la faire triompher, qu'au lieu d'écarter les obstacles, ils les accumulent.

La volonté que manifeste le pouvoir a besoin de réunir tant de conditions pour arriver à bonne fin, qu'il ne faut pas être surpris si elle échoue ou se contredit si souvent. Après tout, il en résulte des répits, pendant lesquels le peuple, qui jouit du repos, n'en devient ensuite que plus apte à réaliser la volonté véritablement utile que conçoit enfin le pouvoir.

A juste titre, on frissonne en lisant les voyages où l'homme de la civilisation, abusant de ses ressources, extermine sans pitié le sauvage. Mais celui-ci n'a qu'une seule volonté : il veut rester propriétaire libre sur la terre que lui ravit l'Européen. C'est donc un ennemi plus facile à détruire qu'à contenter.

Dans toute maison il y une volonté qui domine : par nécessité on apprend vite sur quel point on peut la séduire. Ainsi il y a des flatteurs chez l'ouvrier manœuvre comme chez le prince régnant; seulement la différence de profit ou de considération les élève ou les abaisse.

En Orient, on n'a vu pendant des siè-cles, qu'une seule volonté diriger les ins-titutions politiques. Mais cette volonté a été si stupide, qu'en ruinant le peuple, elle a toujours fait égorger le prince.

Les enfans à défaut de la force placent leur volonté à l'abri de leur faiblesse, et ils commandent parce qu'on a pitié de les faire obéir.

Le pouvoir n'a de force qu'autant qu'il sait discerner ce qu'il doit refuser ou ac-corder. Depuis trois siècles, il en a tou-jours été ainsi en Europe, à la différence

que la volonté générale, après avoir été
impérieuse dans ses croyances, l'est aujourd'hui dans ses opinions ; malheureusement ces dernières n'ont pas toujours
des règles précises. Sont-elles repous-
sées, elles en appellent à la force; de généreuses concessions leur sont-elles faites, il leur arrive encore de conspirer,
parce qu'elles sont quelquefois insatia-
bles. Maintenant, quel parti suivra le
pouvoir? Qu'au lieu d'étouffer la volonté
générale il sache l'éclairer, alors il lui
fera des devoirs de ses intérêts.

Nous avons vécu à une époque* où le
pouvoir devait être désespéré : on se for-

* De 1817 à 1822.

tifiait de ses bienfaits pour le détruire. Enfin il a fait face à ses ennemis(1827); qu'il
ne les confonde pas avec certaine volonté
qui ne le contrarie quelquefois que parce
qu'elle lui est dévouée; qu'il se réunisse
à cette dernière : dans cette alliance est
tout son avenir.

Maintenant, on accuse beaucoup le
peuple qui pense parce qu'il a une volonté; mais pourquoi oublie-t-on le peuple barbare? Il avait aussi sa volonté :
seulement comme elle n'était raisonnée
dans aucune classe, elle détruisait tout
aussi bien le pouvoir que les masses.

La révolution française , quand on
l'étudie avec soin, a déployé, à travers

les événemens les plus prodigieux, une persévérance de volonté qui forme contraste avec le càractère national. La Constituante, précipitant la liberté au lieu de la contenir, a ébranlé tout ce qu'elle n'a pu détruire : la Législative a encore étendu son œuvre. La Convention, partie d'une liberté sans limites, a imposé par la terreur le désastre de ses propres opinions, et, comme pour mieux accomplir tous les genres de destruction, elle s'est confinée dans des ruines qu'une mer de sang enveloppait. Sauvage, elle a déchiré la France de ses dents; mais, tout en lui portant des blessures, elle a conservé son principe de vie*, et l'Europe

---

* L'indépendance du territoire.

vaincue a baissé son front devant tant de
crimes et d'audace toujours armés du
triomphe. Lasse de ses propres excès, la
CONVENTION fit retraite, mais toujours en
commandant. Le DIRECTOIRE lui succéda :
tour à tour violent et vénal, il usurpa la
liberté comme une marchandise dont il
voulait se réserver l'usure ; mais il ne put
aller loin, et tomba sous le poids de la
haine du mépris et des dilapidations.
La France, décimée par tant de régimes
qui avaient trahi ses espérances, demanda
avant tout au CONSULAT l'ordre et la probité : elle en recueillit promptement les
bienfaits, et, comme récompense vota
l'EMPIRE ; mais bientôt le génie de la gloire,
combiné avec la science de l'arbitraire,
étourdissent et garottent tous les Fran-

çais. La volonté première de la révolution sortit de la réalité des choses; mais
en reculant, elle imposa des concessions
au caractère le plus indomptable du siècle;
elle conserva dans les institutions ses mots
sacramentels; et au jour des défaites, les
vieux souvenirs qu'ils avaient sauvés re-
trempèrent la France dans toute la ver-
deur de sa première volonté. La RESTAU-
RATION ne tarda pas à lui donner des
gages; pleine de flexibilité, de mesure
et d'adresse, elle la rendit long-temps
heureuse et contente. Mais enfin elle
a disparu à son tour, et aujourd'hui
la volonté nationale semble remonter à
son premier empire : il est vrai qu'elle en
a plus les honneurs que les profits : elle
fait halte; néanmoins, depuis quarante-

deux ans, la France, en dépit de certaines déviations, se retrouve toujours mar-
chant dans la même route.

Il est bien difficile, dans le mariage,
de désarmer toutes les volontés d'une
femme; il faut se prêter aux unes et
s'amuser des autres. Dans ce genre de
dette, il est sage de tenir en réserve un
gros arriéré : aux jours de rigoureuse
exigence, on donne des à-comptes.

Ce qui empêche souvent de réussir la
volonté conduite avec la plus profonde
habileté, c'est qu'elle a besoin d'appeler
à son secours le consentement d'autrui.
Elle échoue, parce que dans la vie il est
bien rare de vouloir à deux.

La volonté des jeunes filles roule sur des caprices de toilette ; celle des femmes mariées s'attache à ce qu'il y a de plus brillant dans l'opulence ; elle exige des honneurs et des titres. Par son étendue et sa mobilité, elle est le désespoir de l'amour. A certain âge la volonté des veuves est plus modeste ; elle ne demande aux hommes que certains retours de mémoire.

DE LA

VIE DE FAMILLE,

DE LA VIE DE FAMILLE.

———❦———

Sı dans le siècle dernier pareil sujet se fût présenté à l'esprit d'un écrivain, il s'en serait défendu comme d'une tentation de mauvaise compagnie : il y avait alors pour tout le monde un apparat de convention. Ce n'était pas assez de s'habiller avec goût, il fallait encore savoir se parer; c'était aux soupers qu'on se réunissait avec délices; des femmes resplendissantes de toilette en faisaient les honneurs;

à l'éclat des lumières se jouaient les dia-
mans et les paillettes, l'or et les pier-
reries : tout étincelait de magnificence et d'esprit. De la société, la soif de
l'effet, le besoin de la recherche, étaient
passés dans les livres. Au lieu, comme
aujourd'hui, de traiter le public sans façon, on ne se montrait devant lui qu'avec
tous ses avantages ; ce n'était rien de l'é-
clairer, si on ne parvenait à le séduire.
En retour, on tombait dans l'affectation
et la manière ; inévitables inconvéniens
d'une civilisation si parfaite. Sans doute
dans ces temps on avait aussi à souffrir ;
mais au sein des grandes villes, qui réus-
sissait à plaire ou amuser, arrivait à tout.
D'un autre côté on vivait trop répandu
pour ne pas oublier quelquefois les siens ;

l'affection pouvait n'être pas ardente;
mais à leur égard on ne manquait à nulle
convenance; l'essentiel était observé; et
si on ne connaissait pas toujours les
charmes du devoir, on en pratiquait du
moins certaines apparences. Enfin l'esprit de société régnait dans toute sa
puissance. Pour jouir, il compte sur les
autres; c'est à leur profit qu'il s'efface et
s'immole; aussi ce n'était qu'à force d'être
aimable qu'on pouvait être applaudi. Ces
jours de plaisir et d'ivresse sont passés :
ils ne reviendront jamais. L'homme,
depuis environ un demi-siècle, a tant
souffert lorsqu'il a été mêlé à ses sem-
blables, qu'il les a fuis, et s'est comme
calfeutré dans sa famille. De là un nouveau genre de vie qui, entré dans les

mœurs, doit prendre place dans les livres.

Il faut, pour bien sentir la vie de famille, un travail de l'intelligence qui, vous fixant au milieu des vôtres, vous en sépare par intervalle. Avec quel charme on retourne à ceux que l'on aime! Le voyage a été court; mais on s'est quitté, on a été sans se voir. Cette légère absence rajeunit le cœur; il n'était pas inquiet, il vivait dans l'attente, et il se réjouit d'avoir à sa disposition, de retrouver sous sa main, ce qui lui a manqué quelques instans; ce n'est pas une conquête, c'est la partie la plus délicieuse du moi qui reprend sa place.

Rien de plus à la mode en France que

l'égalité; c'est le patron sur lequel se taillent toutes les phrases à succès. Mais introduite dans nos idées, l'égalité n'a pas encore accès dans nos mœurs. Au milieu de la société, on se défend avec ses dignités, ses places et sa fortune : on en repousse qui veut nous approcher de trop près. Autrefois des distances incommensurables existaient ; la politesse les rapprochait : il y avait des exceptions pour le génie et la gloire. Maintenant la morgue, faute d'être éclairée, est brutale : aussi les jeunes gens, qui ne se meuvent qu'avec leurs idées, éprouvent-ils un déchirement perpétuel; ils en frémissent de rage, jusqu'au jour où, devenus chefs de famille, ils trouvent dans leur intérieur plus qu'ils ne demandent aux autres. Leur choix est fixé : au lieu de se répandre, ils se renferment; ils donnent et reçoivent le bonheur; ils se perfectionnent : ils sont hommes faits.

Sous l'empire, il n'y avait pas que mouvement, mais invasion perpétuelle. A peine commençait-on à raisonner ses propres sentimens, qu'on leur était arraché de vive force. On n'était ni fils ni époux; on n'entrait dans la vie que pour la traverser : le temps manquait pour tout, hors pour mourir avec courage. Dès l'instant aussi où la défaite a éclaté, chacun a couru reprendre sa forme primitive. Saignante de blessures, c'est dans la vie de famille que s'est réfugiée la civilisation; elle en a reçu un tempérament

nouveau ; et c'est alors que, pleine de
force, elle a lutté contre la restauration :
c'était le combat de la jeunesse qui se
faisait arme de tout, contre la vieillesse
qui en dernier lieu ne savait plus se servir de rien.

Un mari ne doit pas défendre la société à sa femme : je veux qu'en la choi-
sissant bien, il la conduise à ses plaisirs :
je parle du mari qui a des enfans encore
jeunes ; nul danger à ce que sa femme
attire autour d'elle la foule dans les salons ; elle s'en amuse, elle ne s'y attache
pas. Une force irrésistible la ramène à sa
famille. Mais si les enfans manquent à
votre union, la circonstance est délicate :
c'est exposer la vanité aux piéges du

triomphe. Cependant ne désespérez pas de vous-même; sachez vous faire beaucoup aimer. Non pas qu'au milieu des applaudissemens qu'elle provoque, votre femme ne s'isole un peu de vous; mais c'est plutôt une surprise qu'un consentement. De retour sous le toit conjugal, elle reprend ses affections et ses devoirs : il y a eu interruption, mais non pas rupture.

Dans les hôtels, à Paris, on brille, on attire la foule, on fait parler de soi en se ruinant. Dans les châteaux, à peine occupe-t-on l'attention. Les heures s'envolent, les jours disparaissent; on vieillit sans s'en apercevoir. Sans les compter on a multiplié les bonnes actions; on a cul-

tivé les vertus et évité les vices. On a vécu
heureux et paisible; la fortune qu'on a
reçue de ses ancêtres, on la laisse un peu
plus considérable à ses enfans. A Paris, les
races s'élancent à la grandeur ; en province, elles se mêlent au sol : on admire
les unes ; on s'attache aux autres.

Jeune, on n'est heureux qu'en multi-
pliant les liaisons; on veut être dans tous
les lieux à la fois. On a soif de sentir.
Plus tard on préfère être ému doucement, à être remué profondément.

Les gens du monde ont trop de besoins, pour jamais rien donner : à peine
peuvent-ils suffire à ce qu'ils se demandent à eux-mêmes. Sont-ils doués de

quelque sensibilité, ils font des vœux et
se condamnent à des démarches : ils ne
peuvent rien de plus. Pénétrez au sein
d'une famille qui vit renfermée dans son
intérieur : il lui faut si peu qu'elle a toujours à donner; d'un autre côté, les sacrifices ne l'arrêtent pas : elle n'a que des
besoins et pas de vanité ; elle possède
toujours le superflu du bien. Les gens du
monde, avec le meilleur cœur, sont con-
traints à refuser constamment : c'est dans
la détresse du luxe que se consume leur
vie.

Lorsque chez un peuple soumis de
vieille date à la forme monarchique, toutes les classes se confinent dans la vie de
famille, un changement s'opère dans la

constitution, les mœurs la renversent.
Ce n'est pas à dire qu'une république va
s'élever, mais bien qu'une cour va disparaître. Le prince sera le plus illustre des
citoyens; il cessera d'en être le maître. Il
ne vivra pas dépouillé de tout éclat, mais
son luxe sera relatif : il ne fera que tran-
cher avec la simplicité générale. On lui
laissera des prérogatives; mais, comme
le dernier de ses sujets, le prince aura
des devoirs à remplir. Il ne peut plus rien
sur l'imagination, tout est devenu positif. Enfin, c'est désormais de la raison
que le commandement reçoit sa force; il
n'a plus à éblouir, mais à convaincre.

Les jeunes filles qui ont été élevées dans
certains pensionnats ont de l'instruction

et de la tenue; elles savent, raisonnent
et discutent. On les a façonnées pour
les succès; elles peuvent s'avancer dans le
monde, elles en connaissent les routes.
Mais triomphantes dans le salon, elles sont
inhabiles à la vie de famille, et incapables de se résigner à la solitude. Aussi, à
part quelques mariages d'éclat, elles se
sentent mal à l'aise. Retournent-elles
chez leurs parens, elles n'y arrivent en
général que dépaysées : le sang les rap-
proche, l'éducation les sépare. Sont-elles
unies à qui ne les vaut que par la naissance, leur supplice est encore plus cruel :
il faut qu'elles vivent de moitié avec un
homme incapable de sentir et de com-
prendre comme elles. Les jeunes filles
nourries dans l'intérieur de la famille ont

en général moins d'instruction. Au lieu
d'être brillantes, elles ne sont que dres-
sées aux offices de la vie; mais les chances de bonheur sont en plus grand nombre pour elles. Riches ou pauvres, elles
sont de leur classe; aptes à telle ou telle
position, on les choisit en conséquence.
De part et d'autre nul mécompte; et, en
définitive, le bonheur tient dans la vie à
ce qu'on calcule juste.

Les gens qui possèdent des emplois
sont en général célibataires. On les
rencontre chez les traiteurs ; ils ac-
courent aux théâtres : c'est dans les lieux
publics que se trouve leur place. Dans
notre Europe encombrée de monde,
ils font bien à titre d'exception ; aussi

ne faut-il pas trop accroître leur nombre. Autrement l'État ne s'épuise pas que dans ses finances, il se ruine dans ses mœurs.

En province il y a quelquefois un peu de roideur même dans l'intimité de la vie de famille : on est comme perché sur ses devoirs. A Paris on ne se voit pas entre proches ; si l'on se rencontre, c'est en courant. Au besoin on se pare dans un salon de la prospérité des siens : tombent-ils dans le malheur, on oublie jusqu'à leur nom. En province, au contraire, de la fortune à la vie, on répond les uns pour les autres, et l'on se proclame parens jusqu'au pied de l'échafaud.

DES DROITS.

DES DROITS.

Il y a des droits de toute espèce, rem-
plissage des vieux livres ; je m'en sépare ;
quelques mots en passant sur les droits
politiques et sur les droits civils, il ne
m'en faut pas plus.

A jour fixe on constate la naissance des
droits politiques, mais jamais l'époque
première de leur conception ; ils sortent
de tous les événemens qu'ils ont traversés

et de tous les âges qu'ils ont subis ; ils commandent parce qu'ils sont devenus indispensables.

Les droits civils sont évidens dans leur germe même; ils sont l'œuvre des mœurs des familles. Enquête bien établie, ils entrent réglés dans nos lois : leur destinée est close.

On peut au moyen d'un excellent système d'éducation parvenir à réformer les mœurs privées d'un pays, surtout si elles ne s'appuient que sur des habitudes passagères ; mais il n'en est pas de même pour les droits politiques : il est tout aussi impossible de les refondre, que de les improviser ; il faut les continuer durant de

longues années pour arriver bien tard à
ne les modifier que légèrement.

La conquête faite violemment et à main
armée détruit des bourgs et des hameaux ;
elle s'empare aussi des villes : mais tant
qu'elle ne s'introduit pas victorieuse dans
les droits politiques , elle n'a en gage que
le territoire.

Les droits politiques en France n'auront jamais chance de durée, parce qu'il
n'est pas de pays où l'on fauche plus im-
punément toutes les œuvres du passé.
Qu'elles aient pour elles la majesté des siècles ou qu'elles s'appuient sur la sainteté
des engagemens, peu importe : on les sacrifie en masse à la mode des idées ré-

gnantes ; et comme celles-ci ne triomphent
en passant que pour être remplacées par
d'autres qui détruisent comme elles, les
citoyens et leurs droits tombent décimés
sous les coups d'une hache sans cesse en
mouvement.

Il est impossible en Europe de nous
accorder à tous des droits politiques ; mais
en retour on peut nous concéder des
droits civils. C'est ainsi que commence l'é-
ducation des peuples : d'une pépinière
de bons pères de famille, on tire toujours
d'excellens citoyens.

Les droits civils assurent le bien-être
de l'homme ; les droits politiques la dignité du citoyen : l'Etat est-il en danger,

il faut tout prendre sur les uns pour for-
tifier les autres.

Qu'on s'arme de patience dans la conquête des droits politiques; qu'on les ob-
tienne en détail : conduite sage et pru-
dente; mais qu'après les avoir possédés
on les rende; lâcheté qui se suicide pour
ne pas combattre. Dans une lutte pareille
tout est grand, jusqu'à la défaite; et les
blessures les plus profondes ont une telle
puissance de tradition qu'elles font resti-
tuer tôt ou tard tout ce qu'on a perdu.

Gardons-nous de tailler sur un unique
patron les droits politiques et les droits
civils des peuples; ils doivent varier avec
la diversité de leurs origines et les vicis-

20.

situdes de leurs destinées : c'est plus
que leur physionomie , c'est la puissance
entière de leur position.

Dans la jeunesse on s'enflamme pour
les droits politiques; on les sent plus
qu'on ne les raisonne : c'est qu'à cet âge
les devoirs chargent si peu, qu'on a un
excédant de forces à éparpiller sur tout.

La civilisation, quand elle commence à
vieillir, donne la soif des droits politiques;
comme on n'a guère à s'inquiéter pour les
besoins de la, vie on se tourmente pour
les jouissances de l'amour-propre. Mais
la position des peuples devient fausse ; ils
n'ont fait fortune qu'en se garrotant par
les liens d'une multitude d'intéréts ; ils ne

peuvent les briser. Les peuples sont alors
d'autant plus à plaindre, que leur imagination s'allumant avec les années em-
brasse tout, tandis que leur impuissance
ne peut rien réaliser.

Nous avons depuis quarante-deux ans
déclaré la guerre à tous les priviléges;
nous les avons rétablis; dans ce moment
nous les détestons de nouveau. Mais par
une contradiction tout-à-fait française, à
une époque où il n'y a de puissance que
dans les droits politiques , nous en avons
fait le patrimoine d'une minorité imperceptible : c'est une noblesse toute récente
que nous avons inféodée dans la liberté.
Nous sommes tombés à plein dans l'ab-
surde : au lieu de donner diverses bases

aux droits politiques, nous ne les avons établis que sur des taxes ; pour faire un citoyen, il ne nous a fallu qu'un contribuable.

Nous pensons avoir épuisé toutes les ressources du génie dans nos constitutions modernes : la loupe à la main, nous traçons la case où se tiendra chaque pouvoir ; pour plus grande régularité, nous définissons et droits et attributions : à l'œil tout est merveille ; la machine est enfin à l'œuvre, mais elle est déjà brisée que des cris d'admiration retentissent encore. Pareil malheur est arrivé dans le moyen âge aux républiques italiennes, dont les combinaisons politiques étaient d'une profondeur et d'une étendue dont

nous n'approcherons jamais. A tout ceci
il y a une cause identique : c'est que le
raisonnement, au lieu de se plier à des
faits irrévocablement accomplis, a voulu
leur imposer sa logique : il a déduit où il
ne fallait qu'observer.

Il ne faut pas contester aux femmes ce
qu'elles appellent leurs droits ; il est bien
plus sage, sur ce point, d'entrer avec elles
en arrangement ; elles vous cèdent dans
la transaction tout ce qu'elles auraient
gagné dans la résistance.

Rien de plus mobile, et quelquefois de
plus enfantin, que les formes sous lesquelles se présentent les droits. Dans les pays
de despotisme, ils tiennent au nombre des

génuflexions ; sous les monarchies tem-
pérées, aux plus imperceptibles préséan-
ces ; dans les républiques, à une multitude
de conditions souvent minutieuses. En
Asie, parvenir à l'adoration du maître,
c'est partager plus ou moins son pouvoir ;
en Europe, où il y a des cours, les pré-
séances constituent les rangs et classent
dans la considération ; au sein des républiques, les droits dérivent des lois ; mais
en amusant la place publique, on les in-
terprète ou on les change : à part la diversité des formes, il s'agit de conquérir
le commandement. Ainsi le fond est le
même : chaque peuple le brode suivant
ce qu'il peut ou ce qu'il sait.

DE

LA JEUNESSE.

DE LA JEUNESSE.

—◦◦◦—

Fort à propos je parle de la jeunesse ;
j'en sors* : ses avantages, ce qu'ils valent,
je les apprécie; ils me quittent : ses inconvéniens et ses périls, je les brave; ils
me désertent : je serai donc impartial ;
écrivant de mémoire, je serai de plus
exact, car les souvenirs ne trompent pas
comme l'espérance : seuls ils constituent

* 1825.

le positif de la vie. Pénétré encore des souvenances de la jeunesse, ce qui alors m'a vivement frappé, je le déclarerai, et si je ne dis pas tout, du moins ce que je déposerai, pour être peu étendu, sera-t-il toujours vrai.

La jeunesse perdrait les charmes qui la parent et l'embellissent, que d'irrésistibles séductions lui resteraient encore! Elle s'élance toujours si ardente et si pleine de nobles sentimens; elle apparaît si féconde, ou plutôt si inépuisable en sublimes dévouemens, que, ne gouvernant pas le monde à certaines époques, elle l'a toujours régénéré.

Il est un âge où l'on est si complète-

ment identifié avec son siècle ; on en a
reçu tant de vices et d'habitudes, qu'on ne
peut vouloir le changer : la transaction
est signée. La jeunesse, au contraire,
réclame des améliorations, parce que,
d'une part, elle a le sentiment d'une entière perfection, et que de l'autre elle a
besoin de s'imposer des sacrifices. C'est
le superflu de sa force dont elle cherche
un généreux emploi.

Les grandes conquêtes sont toujours
faites par des armées où les jeunes gens
se comptent en masse. Ils ont toutes les
qualités qui envahissent, mais nulle de
celles qui conservent. Cependant des
conquêtes accomplies par eux sont res-
tées ; mais alors deux conditions étaient

réunies : jeunes soldats et vieux général.
Les premiers, d'impétuosité, ont emporté la victoire; le second en a rassem-
blé les avantages. Les uns ont gagné le
présent, l'autre en a tiré l'avenir.

Les jeunes gens, comme les femmes,
ont l'enthousiasme prompt et subit; de
plus qu'elles, ils sont doués de force; il
semble qu'ils peuvent autant qu'ils sentent; mais, d'un autre côté, la vivacité
d'impressions sans cesse nouvelles les fa-
tigant à l'infini, ils sont incapables de
se soutenir jusqu'à la persévérance. Ainsi
dans toute société ils obéissent à l'âge
mûr, parce que celui-ci voulant peu,
veut toujours.

L'Europe est aujourd'hui divisée en deux camps ennemis, dont les jeunes gens forment l'innombrable avant-garde. Parmi ces milices imberbes, les uns, indignés du frein, ne respirent que liberté et indépendance : ils lisent l'histoire, mais c'est pour y chercher seulement l'origine de toutes les libertés ; ils s'élancent avides après toutes les sciences, mais c'est pour leur emprunter des secours afin de briser toute espèce de joug. Pleins de chaleur et de résolution, ils tomberont cependant avant même d'approcher du but qu'ils veulent atteindre. En effet, ce qu'ils méditent : refaire d'un seul coup et en un seul jour la civilisation, produit des siècles : c'est l'impossible.

En présence de ces fougueux réforma-
teurs, se tiennent silencieux des rangs
aussi formés d'intrépides jeunes gens ;
moins nombreux, ils s'entendent mieux.
Frappés des désastres enfantés par la liberté moderne, ils l'ont en horreur, et,
pour ne pas même en supporter la vue,
ils se plongent tout entiers dans l'obéissance absolue. Leurs adversaires souffrent des liens les plus légers ; pour eux,
volontaires de l'esclavage, ils se chargent
de chaînes, afin, par l'exemple, d'ensei-
gner comment elles se portent. Si l'enthousiasme des idées nouvelles leur manque, ils le remplacent par l'énergie de la
conviction religieuse ; enfin le monde
semble devoir leur appartenir incessam-
ment ; mais ils ont aussi des périls et des

tentations. La première condition du succès qu'ils brûlent d'obtenir, c'est la possession du pouvoir; ils y tendent; mais dans sa poursuite ils s'affaiblissent et s'énervent. Arrivés au commandement, ils pourront encore ébranler, mais non détruire. C'est une œuvre si difficile aujourd'hui, qu'elle ne peut être accomplie que par une force se présentant intacte et dans toute la puissance de son premier développement.

Si l'on me demande ce que je pense de ces deux peuples de jeunes gens, je répondrai qu'ils seront l'un pour l'autre un mutuel contre-poids. Au reste, et bien plus tôt qu'on ne le pense, la conviction religieuse s'emparera en Europe de la liberté moderne, et, l'épurant, elle la sanctifiera pour tous *.

Faut-il avec les jeunes gens se montrer d'habitude armé d'une inflexible sévérité? Je ne le pense pas. Je conviens que la raison pouvant leur manquer, il semble naturel de leur imposer l'obéissance par la crainte. Mais à réfléchir attentivement, il y a dans leur cœur une si vive tendresse, que les devoirs qui leur coûtent le plus, ils les remplissent, afin que, dignes d'être aimés, ils puissent bien aimer à leur tour.

---

* Au moyen âge, les souverains pontifes ont presque toujours défendu en Italie la cause de la liberté. Ils étaient protecteurs des Guelfes (4ᵉ édition, 1825).

De nos jours on porte aux jeunes gens une barbare tendresse : on les arrache aux jeux de leur âge pour les aventurer au milieu des vices et des plaisirs de la société ; avant qu'ils soient même formés pour sentir, ils sont déjà épuisés ; par anticipation, ils endurent la caducité : enfin, au lieu de cheminer, ils courent, ils enjambent la vie.

Dans toutes les classes, les jeunes gens reçoivent une éducation plus ou moins parfaite, tandis que les parens, jetés dans les vicissitudes du siècle, tombent d'une fortune brillante dans une subite détresse ; alors leurs malheureux enfans, chargés des nobles sentimens que donne l'éducation, cherchent dans le monde

21..

l'avenir qui vient de leur manquer ; mais
à chaque pas ils sont déchirés par l'insolence de la fortune ou froissés par la fierté
du rang ; d'un autre côté, ils ne peuvent
pas se confondre avec le peuple, ils ne
sentent et ne parlent pas comme lui. En
proie à une fureur continuelle , ils se re-
plient sur eux-mêmes, et, dans la conviction de ce qu'ils valent, trouvent sans
cesse de nouvelles forces pour se ruer
contre la société qui les torture. Mais
pour vivre , ils travaillent : devenant utiles, ils reçoivent enfin des avantages de
l'ordre même qu'ils attaquent; bref, leur
tour arrive , et ils s'élèvent heureux parvenus. Quittent-ils les armes? non; ils
les aiguisent aussitôt pour les tourner
contre les nouvelles recrues démocrati-

ques qui leur ont succédé et qui tentent
de tout briser, ne fût-ce que pour cam-
per dans les ruines. Fait positif : accessi-
ble à toutes les classes, l'éducation enfante une agitation continuelle ; mais
l'État solidement constitué, cette agitation n'est, après tout, que l'onde salutaire qui, circulant comprimée par des
digues, porte de tous côtés d'innombrables richesses, tandis que débordée, elle
entraîne dans son cours jusqu'aux fonda-
tions des villes.

Les jeunes gens du siècle ont moins
de vices brillans que ceux d'autrefois : il
y a plus, au lieu de vices, ils ont en général des passions haineuses et furibon-
des, parce qu'elles convoitent exclusive-

ment la possession du pouvoir. Nos pères
laissaient à désirer comme hommes; nos
jeunes gens laissent à désirer comme citoyens. Les uns inquiétaient la famille;
les autres inquiètent l'État.

DES CROYANCES

ET

DES OPINIONS.

DES CROYANCES

ET

DES OPINIONS.

Croyances : fixité de l'homme ; opinions : mobilité de son esprit.

Toute société ne sort vivante que d'une
croyance, et ne périt emportée que par
une opinion.

Otez aux masses la moralité de leurs

croyances; armez les gens de génie au profit de leurs opinions ; et bientôt vous ne rencontrerez plus que des bourreaux et des victimes. Les masses tueront pour s'assurer des jouissances physiques ; les gens de génie enverront à la mort pour incruster par la terreur l'empire de leurs opinions : par deux routes différentes on courra droit au meurtre.

La nation française était en 1789 l'orgueil de la civilisation; en 1793 elle en était devenue l'opprobre : alors les opinions avaient dévoré les croyances.

Les tentations dans une société riche sont si nombreuses, que si les croyances pouvaient disparaître complétement ; il

n'y aurait pas de lendemain pour la propriété, base de toute véritable civilisation.
Mais les croyances veillent sur la possession ; elles font plus, elles enrôlent sous ses
drapeaux jusqu'à la conscience du pauvre.

Quelques esprits médiocres font son-
ner bien haut la crainte des supplices ; ils
s'extasient sur ce qu'ils appellent la salutaire sévérité des lois criminelles; mais
où elles sont atroces les crimes abon-
dent. Dans les pays au contraire où les
croyances sont inflexibles et les châti-
mens doux , il n'y a guère à punir dans
les classes pauvres et malheureuses. On
ne frappe que sur les heureux, parce qu'à
force de jouissances ils arrivent à ne plus
rien croire.

Les femmes commencent l'éducation des enfans par des croyances : les hommes leur enseignent plus tard les talens et les sciences : ils sont ensuite lancés dans le monde. Mais à peine en ont-ils l'expérience qu'ils reviennent aux naïves instructions de leur jeune âge. C'est que les hommes ne nous montrent que le savoir-faire de la vie : les femmes nous initient à sa véritable direction.

Les croyances résistent parce qu'elles ne dépendent pas exclusivement du raisonnement; elles se mêlent encore plus aux affections qu'aux idées : on y tient surtout par le cœur. Aussi tous les maux que les hommes causent par la frénésie de

leurs opinions, les femmes les réparent
par la séduction de leurs croyances.

Les femmes, sous ce rapport, exercent
en Europe un véritable pouvoir; par les
croyances qu'elles infusent à la famille,
elles s'emparent des mœurs de l'état. Si
elles ne promulguent pas sa constitution,
elles la détrônent à leur gré; et c'est
sur le plan qu'elles tracent que les hommes recommencent.

Il y a de sottes et de fausses croyances,
c'est un fait incontestable : certains peuples en sont la preuve. Mais pour une
branche parasite, n'abattons pas l'arbre.
Il existe une pierre de touche pour les
croyances : c'est l'état où elles prennent

une société et celui où définitivement
elles le retiennent. Le christianisme n'a
pas fait que de mettre le genre humain
dans la bonne route, il l'a poussé jusqu'à
la dernière de ses limites. Il ne s'est point
occupé exclusivement de quelques uns ;
il a voulu que tous fussent bien. Bref, il
n'a plus souffert au monde que des esclaves de ses croyances ; mais il les a rendus
tels jusque dans les derniers rangs, qu'ils
se sont élevés plus haut que les hommes
libres d'autrefois.

. Les croyances escortent en général la
vie ; les opinions ne nous viennent souvent
que comme dépendance des diverses situa-
tions où nous sommes jetés : on les reçoit
toutes faites dans un temps; on les quitte

dans un autre : elles ne sont que le ver-
biage de nos intérêts ou de nos passions.

Il y a chez les hommes pris en général
une soif inaltérable de croyances : c'est
la partie d'élite de leur nature. On peut
sans doute par intervalle dépouiller la
foule de ses plus vieilles croyances ; mais
elle les remplace vite par d'autres. Les
premières, sagesse des siècles, puri-
fiaient ; les secondes, besoin du moment,
dégradent. Fermez pendant huit jours nos
églises, des devins innombrables ouvri-
ront aussitôt leurs antres : on ne les con-
sultera pas sur des devoirs à remplir ; ils ont
disparu avec les anciennes croyances ; on
ne leur demandera que des conseils sur des
vices à satisfaire ; ils flatteront ces derniers :

leur solde en deviendra plus lucrative.
Ainsi en même temps que la force de l'état
diminue, l'imbécillité du citoyen s'accroît.

Certaines opinions se conservent : celles qui sont fécondées par les croyances ;
alors les devoirs ont passé par la foi ; on
ne les discute plus, ils commandent. De
nos jours, on a fait des Princes, des Ducs,
des Comtes, des Barons avec des répu-
blicains d'opinions. Mais dans toutes les
circonstances on a retrouvé les Vendéens
immobiles dans leurs croyances. Ces
simples et pauvres gens survivront à
tous nos troubles et à tous nos change-
mens ; il y a plus : ils les combattront tant
qu'ils seront religieux.

FIN DU TOME PREMIER.

TABLE

DES MATIÈRES.

FIN DE LA TABLE DES MATIÈRES.

—⚜—

ERRATUM.

Page 26, ligne 4, *au lieu de* : du gouvernement, *lisez* : de gouvernement.

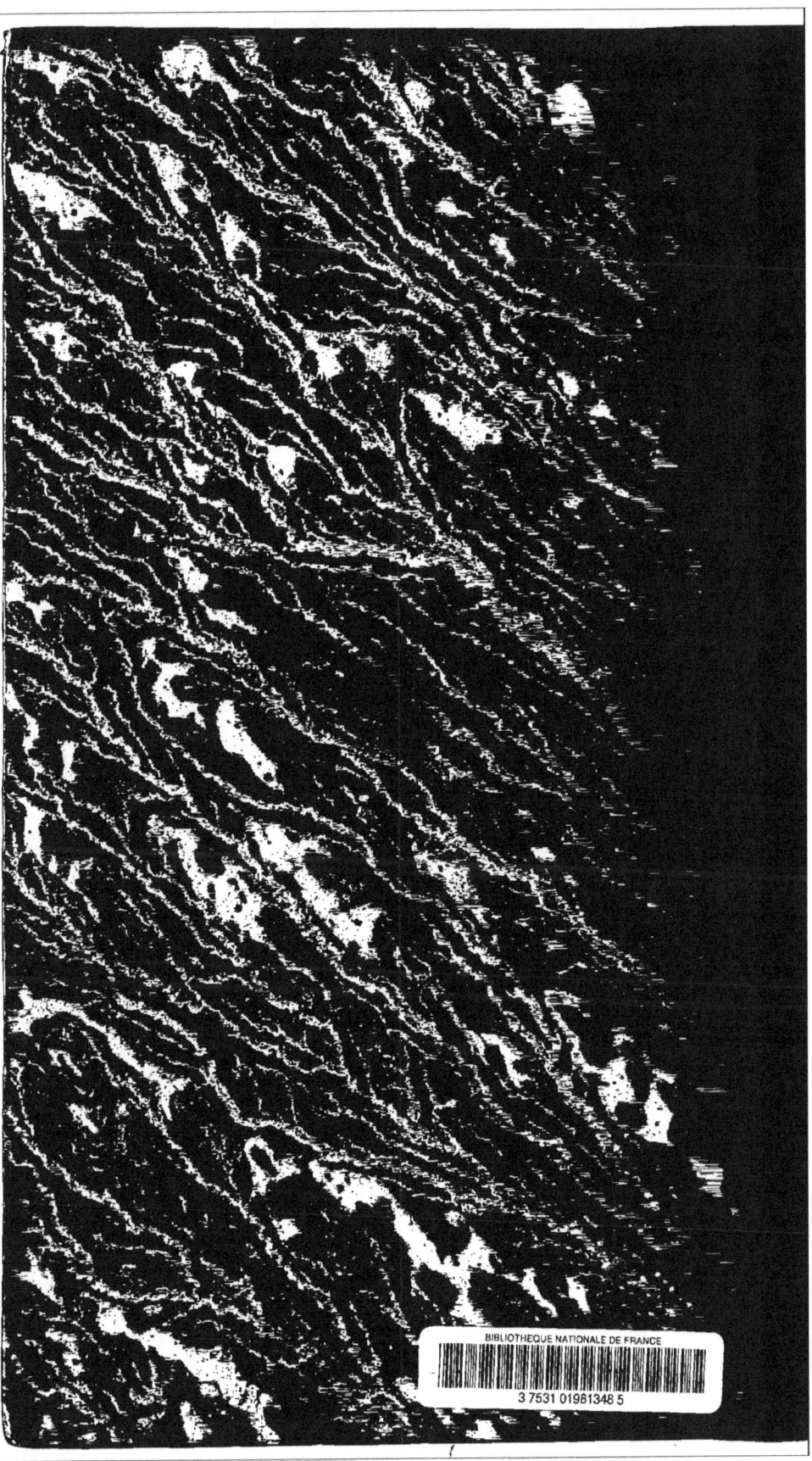